U0011571

浪鳥集

·

Stray Birds

·

Lōng-tsiáu Tsip

温若喬 —— 英台翻譯

鄭順聰 —— 台文審定

莊佳穎 —— 英文審定

目

次

推

薦

序

漂浪ê台灣話，綴詩婿婿仔飛轉來
──《浪鳥集》推薦序

呂美親
（臺灣師範大學臺灣語文學系助理教授）

中國作家鄭振鐸所譯ê《飛鳥集》，tī 1922年出版。捌駐在印度ê中華民國外交官糜文開，tī戰後初期kā規本ê *Stray Birds*譯完，伊所譯ê《漂鳥集》，tī台灣kah香港出版。台灣讀者對鄭譯、糜譯ê中文版攏無生份，其他猶有周策縱等人ê譯本，總是，《漂鳥集》這个譯題，成做咱過去對哲學家詩人Tagore（1861-1941）上基礎、上慣勢ê認捌。若是「飛」字，khah袂予人直接有失散、揣無路ê聯想，抑若「漂」字，咱自然tik會去理解是漂泊、漂流，抑是漂浪。

Tagore ê名著，總算有台語版。《浪鳥集》ê譯題、譯文kah出版，對咱來講，意義不止深。

Tagore對出世到過身ê 80冬中間，就國籍來講，攏tī英屬ê印度。伊少年時捌到英國留學，轉去印度了後，就專力tī文學創作，也寫袂少文章批判英國ê殖民統治政策。Tagore會當用英語寫作，總是，伊用孟加拉語寫ê真濟詩歌，真受個ê國民所意愛；印度kah孟加拉語ê國歌，攏出自伊ê詩作。1913年，伊kā詩集*Gitanjali*譯作英語*Song Offerings*（中文譯做《吉壇迦利》抑《頌歌集》），以這部作品成做亞洲頭一位得著Nobel文學獎ê作家。

　　這一百外冬來，咱台灣社會tī受著兩擺ê殖民統治過程中沓沓行向現代化，也為著國語政策（日語、華語）ê實行，台灣本土族群ê語言袂得通kah現代化ê進程全時奮躍*。麥文開講*Stray Birds*中ê詩，大部分是作者直接用英語寫。毋過，咱知得著Nobel獎ê *Gitanjali*原底是用母語所寫。全款是殖民地ê作家，會得完全雙語創作ê Tagore，伊ê社會猶榮耀tī母語環境，就這點來講，確實比咱台灣khah好運淡薄。

---

* 全時奮躍：kāng-sî hùn-io̍k，與時俱進；「奮躍」為日語借詞（ふんやく／hùn-io̍k）。辜寬敏tī台北高等學校90周年致詞中ê用語，伊ê發音是kāng-sî hùn-iāu。《白線帽的青春》（台北高等學校歷史紀錄片），台北：出版社：台灣師大出版社，2012.10。

東亞ê真濟國家，原底使用文言文，現代文學ê起造也是kah語言ê「文字現代化」做伙tī實踐ê當中完成。「翻譯」，tī這中間成做真重要ê實驗kah實踐ê路徑。原底猶使用舊漢文ê社會，透過翻譯西方ê現代文學，一方面會當實際去撙摵家己ê語言按怎表現現代文學，包括口語kah美學ê書寫。咱看著1885年出版ê《台灣府城教會報》，也有袂少聖詩ê翻譯；抑1920年代ê新文學運動，毋但刊登真濟翻譯ê作品，推揀新文學運動ê張我軍也有真濟譯作，抑伊上早出版ê現代文學作品，是詩集《亂都之戀》。彼陣，伊模仿中國白話文，總是台灣話ê語感也猶有保留。當然，按呢也致使台灣新文學ê作品，產生言文無夠一致ê現象。紲落來，就是咱所知影ê台灣文學史過程中，對「台灣話文」運動到解嚴前後ê斷裂，koh經過1990年代ê「台語文」、「台語文學」運動，總算tī 2006年教育部公布用字，台灣話才正式有標準化ê普及，完成文字現代化ê事工，按呢，母語文學才koh有khah大步ê進前。

按呢講起來，標準字ê台文版《浪鳥集》tī這時出版，也通講有一个意義，就是咱台灣話漂浪遐

久，總算kah現代接bā起來；這个「語言」浪人，
總算綴有著「文學」ê陣。

　　當然，咱毋是講tī這進前，台灣話ê文學攏無好
ê作品，抑是值得咱重視ê譯作。1990年代以來，台
語文學ê創作品質有真大ê提升，尤其這幾年，咱也
看著袂少西洋經典作品ê台譯出版。毋過，leh讀少
年譯者溫若喬ê台文版《浪鳥集》，我ê頭殼內一直
有一个對照，是楊牧ê譯本。楊牧中譯真濟英詩，
咱若看伊所譯ê英詩原文，準有寡澀喉ê難字、深沉
ê暗意，總是詩文本身tsiânn樸實。比論講咱所意愛
ê W. B. Yeats（葉慈）彼首"The Second Coming"，楊
牧譯做〈二度降臨〉。詩ê頭一段，中譯是按呢：

　　　盤盤飛翔盤飛於愈越廣大的錐鏇，
　　　獵鷹聽不見控鷹人的呼聲了；
　　　舉凡有是者皆崩潰；中央失勢；
　　　全然混亂橫流於人世之間；
　　　血漬陰暗的潮水在橫流，到處
　　　為天真建置的祭儀已告沉淪；
　　　上焉者再無信念，下焉卑劣
　　　滿滿充斥貫張激情。

讀者會當去揣其他版本ê翻譯，kah楊牧ê比起來攏加真口語。楊牧對漢字詞kah音韻ê排陣不止斟酌，伊ê譯文，就成做另外一款新ê創作，成做華語譯詩kah華語詩美感表現ê典範。抑楊牧家己ê詩作也行向一款真偲超越ê典雅、束結koh洗練ê文體，伊起造出華語現代詩一種濟濟人想欲跟綴、模寫ê範本。

現代詩文，本來就以口語做基礎，毋過咱若對照中譯版ê《漂鳥集》kah温若喬ê台譯版《浪鳥集》，會當看著台譯譯者真刻意ê巧精kah斟酌ê排陣。親像《浪鳥集》上經典ê頭一首：

Stray birds of summer come to my window to
　　sing and fly away.
And yellow leaves of autumn, which have no
　　songs, flutter and fall there with a sigh.

熱天的鳥仔流浪，來阮窗前唸歌，隨飛去他方。
秋日的葉仔徛黃，無歌通唱，一聲怨慼就飄落。

這兩句ê原文有英詩自然ê韻，總是字句ê長短真自由，抑台譯版刁工kā這兩逝詩句抾予齊整。Koh看第二首，毋但齊整，兩逝文句ê尾字，「啊」、「紙」，略仔掠韻ê手路不止仔明。

O troupe of little vagrants of the world,
leave your footprints in my words.

世間一陣一陣小小的浪人啊，
請共恁的跤跡留踮阮的字紙。

台語ê文學翻譯，就詩來講，因為文字現代化ê完成，工具備辦好勢，譯者家己ê語言能力kah美學素養有夠，就有才調kā譯詩表現出一款新ê台語詩作ê文體kah風格。Koh比論講，第6首ê譯文，押韻ê表現，予咱koh愈親近詩裡所欲仰慕ê日光kah天星。

If you shed tears when you miss the sun,
you also miss the stars.

若是無揣著日頭予你目屎流，
你嘛無緣見著滿天的星斗。

　　咱若讀余淑慧、余淑娟ê中譯本，確實也因為
有押韻就加真順喙，也koh添一層詩意。台譯版ê
「目屎流」所對應ê「星斗」，彼个韻，mā予讀者
koh愈有力量想欲kā精神振作。這款文體，也有一
種「回歸」式ê繼承。想看覓，khah老輩ê台灣人
leh講台灣話，定定是真自然會有鬥句。紲咱就會
致覺著，若好好仔kā失落ê氣口抾轉來，欲創造遮
爾媠ê美感，需要工夫，毋過mā無遐困難。另外，
讀者kiám-tshái也有注意著，第98首kah第263首
仝：

The sadness of my soul is her bride's veil.
It waits to be lifted in the night.

　　有ê中譯版會kā刣掉，有ê保留。若kā保留ê，
大概譯文也完全相siāng。毋過，少年詩人溫若喬
真好膽，伊kā第263條保留，koh刁持譯出無仝ê版
本。第98首伊按呢譯：

悲傷是阮靈魂的新娘紗。
伊等人來掀，佇三更半暝。

頭一个版本用韻來牽，「紗」（se）kah「暝」（mê）押韻，親像kā悲傷koh搝長。抑若第263首，伊就kā文句拈齊：

我靈魂的悲傷是伊的新娘紗，
等暝時若到，會有人共伊掀。

拈齊ê兩逝，袂輸kā悲傷擋定tī彼个空間。兩款譯文，全款悲傷，總是，因為詩人ê調營，起造出無仝ê氣氛。咱leh講Tagore ê詩淺白，毋過真有哲理，透過翻譯，咱對內中ê哲理，會得有無仝層次ê延伸。就親像華語版ê《漂鳥集》對台灣作家也有真無仝ê影響，比論講劉克襄tī 1984年出版ê《漂鳥的故鄉》，內面分做漂鳥集、候鳥集、留鳥集、迷鳥集、旅鳥集五个部分，寫ê是鳥、生態、環境，是台灣故鄉ê過去、現在kah未來。咱通kā看做是，一个作家對世界ê視野翻頭注神本土ê接紲。

頭前講著楊牧中譯ê英詩kah伊ê華語詩作，愛讀楊牧ê人，定著tī心內有欣慕，tī日常書寫有照影。對遮koh看咱這馬，tī台灣話ê土壤早就崩壁走山，欲koh重新起造是真儑ê現此時，我想，咱猶是會當保持樂觀。想看覓，予人殖民幾百年，台灣人猶是活過來ah，咱ê少年人，猶原隨時會創造美好ê奇蹟。

若喬所譯ê《浪鳥集》tī 2023年出版，就親像一个奇蹟。這款文體，這款風格，予咱現現看著，漂浪ê台灣話，mā綴詩「媌媌仔」飛轉來ah！Koh也總算展現自信，來徛起tī會得kah世界詩歌比並、共榮ê懸位。尤其咱知影，咱tī頂一世紀，自新文學運動ê台灣話文論爭到戰後台語文ê討論，全時咱台灣文學ê想像，行到台語文學ê起造，文字路kah文學路，有影浪人，坎坎坷坷。《浪鳥集》ê譯文，相信是提供一个「見本*」，成做咱對未來母語ê現代詩、新ê文學所追求ê目標。

Tagore猶有《新月集》、《頌歌集》，猶有其他ê小說kah劇本，真期待咱會當繼續用無koh漂浪ê母語，來好好仔吟味濟濟世界ê詩歌kah文學，尤其tī這个猶予咱紛心，需要koh直直重新走揣ê時代。

---

* 見本：kiàn-pún，日語借詞（みほん），樣品之意。

譯

者

前

言

　　2019年春，當時的我19歲。在準備離開悶熱多雨的台北、到歐洲交換學生之前，我抱著不妨一試的心態，在Instagram上創立了Ohtaigi這個帳號，像任何語言的學習者一樣，和大家分享自己在學習台語的過程中，覺得有趣或觸動的詞語。

　　我稱自己為台語的學習者，是因為我不是講台語長大的孩子，充其量只能算是會聽，即使我小時候是和阿公阿媽住在同一棟樓，他們也常因為疼孫，而在對小孩說話時自動轉換成華語。對幼時的我來說，台語是阿公阿媽的語言、是電視上鄉土劇的語言、是伴唱機裡老歌的語言。一個聽到的時候總感覺很熟悉，實際上卻不知道怎麼用、更不知道怎麼寫的語言。

　　國中的某一天，忘了在什麼契機下，我走向廚房裡正在炒菜的阿媽，和她說：「從今天開始，你們跟我說話的時候都要說台語喔！我想要練習。」阿媽停下翻攪鍋鏟的手，轉頭看我認真又任性的表情，噗嗤笑了出來，不知道那是在苦笑接下來的日子他必須要忍受我的滑稽腔調，還是欣慰於她總算可以用自己熟悉的語言和孫女聊天。

　　從那之後，家裡就是我的台語學校，網路則是我的台文自學場。打開電腦，知道台語可以被寫成文字的那陣子，我熱衷於認識各種熟悉的台語詞彙在漢字裡的寫法，並為這個語言的美感到驚艷。每當我讀到各種正字的典故考據，或是聽見唐詩在台語的變調與入聲系統下被朗誦得漂亮無比的時候，我對台語的印象就產生新的轉變：原來它遠遠超過我小時候所認知的那個年老的語言。

和我同世代的人們，有很多都是從幼稚園就開始認識英文字母，小學時對動漫裡彎彎曲曲的平假名感到好奇，國中又因KPOP的興起而聽懂了幾句韓語。這讓我疑惑，為什麼大人們總鼓勵我們瞭解和外國人溝通的方式，回到阿媽家時，長輩卻總自動切換成華語來和支支吾吾的我們對話，彷如我們對待外國人那樣呢？

所以我想把台語學好。我想瞭解阿公阿媽所說的台語，那種樸實深厚的力道。也想讓台語在年輕的這個世代，擁有新的質感與生命力。就這樣，心中的想法在彼時的生活裡發了芽，並綻放成為日後的各種際遇。

*

　　Ohtaigi引起的迴響比預期還要強烈，透過網路，我認識到許多像我一樣想要學好台語的年輕人，在一次次彆扭與生疏的練習之中，慢慢把小時候那懸在耳邊的語言拾起，重新掛上嘴邊和筆尖。本來就喜歡寫文章的我，也開始用台語寫詩，並在出國前投稿了人生第一次的文學獎。終於出國以後，我像初生之犢那樣在各式各樣的城市遊走，看見人們如何驕傲於自己的文化，也發現在每一間不起眼的街角書店裡，都藏有人們如何用自己的語言把美麗事物描繪出來的秘訣。

　　秋日，比利時攝氏10度的清晨，我收到文學獎得獎的通知，隔著半個地球興奮地手舞足蹈了起來。寫作是快樂的，讀到喜歡的作品也是。就像那年冬天，我在葡萄牙里斯本的一間書店，讀到了《小王子》這本書的英文版，在因閱讀狐狸、玫瑰以及各個星球的美麗故事而感到幸福的同時，也發現即使是同樣的內容，竟也呈現出與中文版不同的韻味。我不禁好奇，一本本的世界名著，若用台語讀起來會是什麼樣子呢？

　　後來在因緣際會下，我認識了在台文界耕耘甚豐的鄭順聰老師，和他談到我對台語翻譯感興趣的事情，並意外得知老師在我得獎的那屆文學獎擔任評審，所以也讀過我的詩作。一切都是那麼碰巧地相聚在一起，生命偶然得像是註定。2020年春天，我在世界瘋搶口罩與酒精的混亂之中回到台灣，繼續我在台大的學業。隔年21歲，我便在順聰老師的引路中，選擇了泰戈爾的《漂鳥集》，著手進行英對台的翻譯工作。

　　泰戈爾的詩風短巧清新，善於用簡白的文字與生動的意象，來描寫大自然與人類情感的各種樣態，十分貼近我自己讀詩甚至寫詩時的偏好。讀到喜歡的作品是快樂的，寫作也是，因此在將《漂鳥集》讀得透澈、重新以台語詮釋出來的過程中，我感受到雙倍的幸福。但困難的點在於，要將英語文法重新組合為台語的句構，要在遇到台語裡沒有對應概念的單字時，絞盡腦汁創造新的說法，更重要的是要讓年輕使用者愈來愈少的台語，呈現出泰戈爾詩集所散發出的脫俗氣質，這些細節都讓我傷透腦筋。加上我個人對於新詩這個文體有點聲律上的執著，所以光是為了讓大部分的詩作能夠押韻，就夠我斟酌許久。所幸這一路上，有順聰老師給我各種台語方面的提點，還有師大的莊佳穎老師細心指出我在英轉台過程中的失真。謝謝兩位老師付出的時間與精力，才有今天這本《漂鳥集》台語版《浪鳥集》的誕生，讓通曉台文的人可以和我們一同體會泰戈爾詩集之美。

但我對這本書的期待不僅止於此。回到當初學習台語與創立Ohtaigi的初衷，我總貪心地想讓對台語文不甚了解、但願意接觸看看的讀者，也能有同樣好的閱讀體驗。所以我想過很多方法，最後決定為書中的生難字加上註解，並由我來朗誦、將整本書錄製成Podcast，讓不熟悉台語字的人也能用聽的來享受這本書。謝謝九歌出版社，在我提出這種超乎成本比例的想法時仍願意支持，甚至第一次與我面談就毫不猶豫地決定出版此書，讓我能在這麼地靈人傑的環境裡，向許多優秀的作者與編輯們學習。只要這本書裡的小巧思，能讓作為讀者的你對台語的美有任何一點新的領會，那就是最棒的事了！

*

　　寫到最後，我想要感謝我身邊的家人朋友們。從小我就常做些天馬行空的事情讓別人驚訝，有時我會任性地做出他們不樂見的決定，對於自己有熱忱的事物，偶爾也會投入得執著到忘記本業的程度。現在想起來，阿媽在廚房裡的那個噗哧一笑，或許是在想著「這丫頭又要開始搞怪了」也說不定，但那樣不明所以的笑容，對我來說就足以是支持的一種形式。謝謝家人朋友未曾有過責備的聲音，讓我在用華語、英語還有各式各樣的語言認識世界的同時，也用台語回頭認識自己。

　　最後的最後，謝謝打開這本書的你，細細地讀到這邊。希望接下來的讀詩之旅，也能讓你有所收穫，讓你在泰戈爾的文筆與我的聲音之中，體會到被語言觸動的感覺。

　　祝好

温若喬

2022.11.24

浪鳥集

·

Stray Birds

·

Lōng-tsiáu Tsi̍p

佇開始讀冊進前…

Tī khai-sí thàk-tsheh tsìn-tsîng…

阮有準備 Podcast 予你聽！

Gún ū tsún-pī Podcast hōo lí thiann!

請用你的手機仔共頂懸的 QRCode 掃一下，入去網頁了後，揀你慣勢的平台來收聽。親像讀有聲冊仝款，享受這本詩集紮來的體驗，佮阮做伙遊覽佇塔句呂的文字世界！

Tshiánn iōng lí ê tshiú-ki-á kā tíng-kuân ê QRCode sàu--tsit-ē, jip-khì bāng-iàh- liáu-āu, kíng lí kuàn-sì ê pîng-tâi lâi siu-thiann. Tshin-tshiūnn thàk iú-siann-tsheh kâng-khuán, hiáng-siū tsit pún si-tsip tsah--lâi ê thé-giàm, kah gún tsò-hué iû-lám tī Thah-kù-lū ê bûn-jī sè-kài!

001

Stray birds of summer come to my window to sing

and fly away.

And yellow leaves of autumn, which have no songs,

flutter and fall there with a sigh.

熱天的鳥仔流浪，來阮窗前唸歌，隨飛去他方。

秋日的葉仔徛黃*，無歌通唱，一聲怨慼就飄落。

Juáh-thinn ê tsiáu-á liû-lōng, lâi gún thang-tsîng

liām-kua, suî pue khì thann-hong.

Tshiu-jit ê hioh-á khiā-n̂g, bô kua thang tshiùnn, tsit

siann uàn-tsheh tiō phiau lóh.

* 徛黃（khiā-n̂g），指葉子枯黃。

002

O troupe of little vagrants of the world,

leave your footprints in my words.

世間一陣一陣小小的浪人啊，

請共恁的跤跡留踮阮的字紙。

Sè-kan tsi̍t tīn tsi̍t tīn sió-sió ê lōng-jîn--ah.

Tshiánn kā lín ê kha-jiah lâu tiàm gún ê jī-tsuá.

003

The world puts off its mask of vastness to his lover.

It becomes small as one song, as one kiss of the

eternal.

世界共伊暗藏大千*的罨*褪予愛人看。

伊就變細若一條歌詩，若一个無止時的唚。

Sè-kài kā i àm-tshàng tāi-tshian ê am thǹg hōo ài-jîn

khuànn.

I tiō piàn sè nā tsit tiâu kua-si, nā tsit ê bô-tsí-sî ê

tsim.

* 大千（tāi-tshian），化用佛家用語，指世界浩瀚。
* 罨（am），指遮罩、覆蓋面部的物品。

004

It is the tears of the earth

that keep her smiles in bloom.

是大地的珠淚，

予伊的笑容時時當開*。

Sī tāi-tē ê tsu-luī,

hōo i ê tshiò-iông sî-sî tng-khui.

* 當開（tng-khui），指花朵綻放。

005

The mighty desert is burning for the love of a blade
of grass who shakes her head and laughs and flies
away.

大漠燒燙燙，為著求戀一枝草。

草仔頭幌幌，笑幾聲仔就飛走。

Tāi-bȯk sio-thǹg-thǹg, uī-tiȯh kiû-luân tsit ki tsháu.

Tsháu-á thâu hàinn-hàinn, tshiò kuí-siann-á tiō pue
tsáu.

006

If you shed tears when you miss the sun,
you also miss the stars.

若是無搪著日頭予你目屎流，
你嘛無緣見著滿天的星斗。

Nā-sī bô tñg-tioh jit-thâu hōo lí bak-sái lâu,

Lí mā bô-iân kìnn-tioh muá-thinn ê tshinn-táu.

007

The sands in your way beg for your song and your
movement, dancing water. Will you carry the
burden of their lameness?

你路途的沙，全討欲挃*你的歌和你的伐*，
舞動的流水啊。個瘸跤的負擔你敢欲擔？

Lí lōo-tôo ê sua, tsuân thó beh tih lí ê kua hām lí ê
huàh, bú-tōng ê lâu-tsuí--ah. In khuê-kha ê hū-
tam lí kám beh tann?

* 討欲挃（thó beh tih），索求；欲挃（beh tih）指想得到、想
擁有，用法同第94、207首。
* 伐（huàh），此處為名詞，指腳步，同第47、137首。

008

Her wistful face haunts my dreams like the rain at
night.

伊哀怨的面容，親像暗雨，不時擾亂阮夢鄉。

I ai-uàn ê bīn-iông, tshin-tshiūnn àm-hōo, put-sî
jiáu-luān gún bāng-hiong.

009

Once we dreamt that we were strangers.

We wake up to find that we were dear to each other.

較早咱眠夢，夢講咱是過路人。

精神才會知，咱捌行遐爾仔倚。

Khah-tsá lán bîn-bāng, bāng kóng lán sī kuè-lōo-lâng.

Tsing-sîn tsiah ē tsai, lán bat kiânn hiah-nī-á uá.

010

Sorrow is hushed into peace in my heart like the evening among the silent trees.

悲傷佇阮心內恬恬定落來，
像黃昏踮佇無聲的樹林間。

Pi-siong tī gún sim-lāi tiām-tiām tiānn--lȯh-lâi,
tshiūnn hông-hun tiàm-tī bô-siann ê tshiū-nâ kan.

011

Some unseen fingers, like idle breeze, are playing
upon my heart the music of the ripples.

幾肢指頭仔無看，像微風無事，來阮心弦比弄
若水痕*咧湠*的音樂聲。

Kuí ki tsíng-thâu-á bô-khuànn, tshiūnn bî-hong bô-
sū, lâi gún sim-hiân pí-lāng nā tsuí-hûn teh thuànn
ê im-gȧk-siann.

* 水痕（tsuí-hûn），指水的漣漪。
* 湠（thuànn），擴散、蔓延，同第103首。

012

"What language is thine, O sea?"

"The language of eternal question."

"What language is thy answer, O sky?"

"The language of eternal silence."

「大海，汝*所講的是啥物話？」

「是袂止的問題。」

「青天，汝的回答是啥物咧？」

「是袂止的無言。」

"Tuā-hái, lú sóo kóng ê sī siánn-mih uē?"

"Sī bē-tsí ê būn-tê."

"Tshing-thian, lú ê huê-tap sī siánn-mih--leh?"

"Sī bē-tsí ê bû-giân."

* 汝（lú），你（lí）的古典文言用法。

013

Listen, my heart, to the whispers of the world with
which it makes love to you.

斟酌聽，我的心啊，聽世界輕聲細說
伊為你譜的戀歌。

Tsim-tsiok thiann, guá ê sim--ah, thiann sè-kài khin-
siann-sè-sueh i uī lí phóo ê luân-kua.

014

The mystery of creation is like the darkness of night

　　– it is great.

Delusions of knowledge are like the fog of the

　　morning.

世間萬物神祕袂輸烏暗暝，大閣深。

智識幻影煞親像罩雺佇天欲光的時。

Sè-kan bān-bu̍t sîn-pì bē-su oo-àm-mî, tuā koh

　　tshim.

Tì-sik huàn-iánn suah tshin-tshiūnn tà-bông tī thinn-

　　beh-kng ê sî.

015

Do not seat your love upon a precipice because it is
　high.

毋好因為貪懸就共你的愛跮佇崎壁*頂。

Ṁ hó in-uī tham-kuân tiō kā lí ê ài tshāi tī kiā-piah
　tíng.

---

* 崎壁（kiā-piah），陡峭的山壁。

016

I sit at my window this morning

where the world like a passer-by stops for a moment,

nods to me and goes.

今仔透早，我坐踮門窗，

看世界親像小*留步的過路人，

來共我頕頭，隨閣起行。

Kin-á thàu-tsá, guá tsē tiàm mn̂g-thang,

khuànn sè-kài tshin-tshiūnn sió lâu-pōo ê kuè-lōo-

    lâng,

lâi kā guá tìm-thâu, suî koh khí-kiânn.

* 小（sió），此處為副詞，指稍微、短暫地。

017

These little thoughts are the rustle of leaves;

they have their whisper of joy in my mind.

遮的想法細細个，窸窸窣窣是落葉振動；

佪的快樂細細聲，噯舞噯呲佇我的心肝。

Tsia--ê siūnn-huat sè-sè-ê, si-si-sut-sut sī lóh-hióh

　　tín-tāng;

In ê khuài-lók sè-sè-siann, tshi-bú-tshih-tshū tī guá ê

　　sim-kuann.

018

What you are you do not see,

what you see is your shadow.

你的真實你無地看，

你看著的是你的影。

Lí ê tsin-sit lí bô tè khuànn,

lí khuànn--tio̍h--ê sī lí ê iánn.

019

My wishes are fools, they shout across thy songs,

    my Master.

Let me but listen.

我的寄望是槌仔，喝* 天喝地崁過汝的歌聲，

    主啊。

予我無振無動，就干焦聽。

Guá ê kià-bāng sī thuî-á, huah-thinn-huah-tē khàm

    kuè lú ê kua-siann, tsú--ah.

Hōo guá bô-tín-bô-tāng, tiō kan-na thiann.

* 喝（huah），喊叫、喝斥。

020

I cannot choose the best.

The best chooses me.

我無通揀上好的。

是上好的去揀著我。

Guá bô thang kíng siōng-hó--ê.

Sī siōng-hó--ê khì kíng-tiòh guá.

021

They throw their shadows before them

who carry their lantern on their back.

彼寡共光揹咧尻脊骿的人，

個的影是擲咧面頭前。

Hit kuá kā kng phāinn teh kha-tsiah-phiann ê lâng,

in ê iánn sī tàn teh bīn-thâu-tsîng.

022

That I exist is a perpetual surprise which is life.

我的存在，一个終身的驚喜，號做性命。

Guá ê tsûn-tsāi, tsit ê tsiong-sin ê kiann-hí, hō-tsuè
  sìnn-miā.

023

"We, the rustling leaves, have a voice that answers
the storms, but who are you so silent?"
"I am a mere flower."

「阮這寡葉仔，大風雨來也有聲。你是啥人，遮
爾恬？」
「阮只是一蕊花爾。」

"Gún tsit kuá hio̍h-á, tuā-hong-hōo lâi iā ū siann. Lí
sī siánn-lâng, tsiah-nī tiām?"
"Gún tsí-sī tsit luí hue niā."

024

Rest belongs to the work
as the eyelids to the eyes.

歇睏佮工課的關係，
就像目睭佮目睭皮。

Hioh-khùn kah khang-khuè ê kuan-hē,
tiō tshiūnn bák-tsiu kah bák-tsiu-phuê.

025

Man is a born child,

his power is the power of growth.

人是出世成做*孩兒，

成長就是伊的才情。

Lâng sī tshut-sì tsiânn-tsò hâi-jî,

sîng-tióng tō-sī i ê tsâi-tsîng.

* 成做（tsiânn-tsò），成為、變成。

026

God expects answers for the flowers he sends us,
not for the sun and the earth.

天公伯仔是愛咱對伊送的花表白，
無愛人句句攏是為著日頭佮土地。

Thinn-kong-peh--á sī ài lán tuì i sàng ê hue piáu-pik,
bô ài lâng kù-kù lóng sī uī-tiȯh jit-thâu kah thóo-tē.

027

The light that plays, like a naked child,

among the green leaves happily

knows not that man can lie.

光線親像囡仔褪腹裼，

歡喜咧和綠葉耍做伙，

毋知人啊會講白賊話。

Kng-suànn tshin-tshiūnn gín-á thǹg-bak-theh,

huann-hí teh hām lik-hio̍h sńg tsò-hué,

m̄ tsai lâng--ah ē kóng pe̍h-tsha̍t-uē.

028

O Beauty, find thyself in love,

not in the flattery of thy mirror.

美麗啊，請佇愛之中走揣家己，

莫佇你彼塊鏡的扶挺*內底迷失。

Bí-lē--ah, tshiánn tī ài tsi-tiong tsáu-tshuē ka-kī,

mài tī lí hit tè kiànn ê phôo-thánn lāi-té bê-sit.

* 扶挺（phôo-thánn），扶持、托住，此處指阿諛奉承。

029

My heart beats her waves at the shore of the world
and writes upon it her signature in tears with the
words, "I love thee."

阮的心共伊的波浪拍佇咧世界的海墘*，
紲落來簽伊的名，目屎那*津，
幾个字講：「我愛你。」

Gún ê sim kā i ê pho-lōng phah tī-leh sè-kài ê hái-
kînn,
suà-luaih tshiam i ê miâ, ba̍k-sái ná tin,
kuí ê jī kóng, "Guá ài lí."

* 海墘（hái-kînn），海岸、濱海地帶。
* 那（ná），一邊……一邊……。

"Moon, for what do you wait?"

"To salute the sun for whom I must make way."

「月娘啊，你是咧等啥貨？」

「等欲來共我定著*愛讓路的日頭行禮。」

"Guéh-niû--ah, lí sī teh tán siánn-huè?"

"Tán beh lâi kā guá tiānn-tiòh ài niū-lōo ê jit-thâu
　　kiânn-lé."

* 定著（tiānn-tiòh），必須、一定。

031

The trees come up to my window
like the yearning voice of the dumb earth.

樹仔欉起來到阮門窗，
像無話大地出聲來央*。

Tshiū-á-tsâng khí-lâi kàu gún mn̂g-thang,
tshiūnn bô-uē tāi-tē tshut-siann lâi iang.

* 央（iang），指請託、懇求的動作，如：央人寫批（iang lâng
siá phue）為託人寫信之意。

032

His own mornings are new surprises to God.

神的逐工早起，對伊家己來講攏是新的驚喜。

Sîn ê tàk-kang tsái-khí, tuì i ka-kī lâi kóng lóng-sī

sin ê kiann-hí.

033

Life finds its wealth by the claims of the world,

and its worth by the claims of love.

性命怙*世界的需求發現家己的富足，

佇愛的向望之中揣著家己的價值。

Sìnn-miā kōo sè-kài ê su-kiû huat-hiān ka-kī ê hù-

   tsiok,

tī ài ê ǹg-bāng tsi-tiong tshuē-tiòh ka-kī ê kè-tàt.

*怙（kōo），憑藉、倚靠某方法。

034

The dry river-bed finds no thanks for its past.

溪流底攏焦，嘛無求揣對伊過往的感謝。

Khe-lâu té lóng ta, mā bô kiû-tshuē tuì i kuè-óng ê
  kám-siā.

035

The bird wishes it were a cloud.

The cloud wishes it were a bird.

鳥仔希望家己是雲。

雲嘛向望家己是鳥。

Tsiáu-á hi-bāng ka-kī sī hûn.

Hûn mā ǹg-bāng ka-kī sī tsiáu.

036

The waterfall sings,

"I find my song, when I find my freedom."

水沖*佇咧唸歌，

「我若揣著自由，就揣著家己的歌詩矣。」

Tsuí-tshiâng tī-leh liām kua,

"Guá nā tshuē-tiȯh tsū-iû, tiō tshuē-tiȯh ka-kī ê kua-
  si--ah."

* 水沖（tsuí-tshiâng），瀑布之意。

037

I cannot tell why this heart languishes in silence.

It is for small needs it never asks,

or knows or remembers.

我講袂出這粒心恬恬仔蔫去的理由。

是因為彼寡伊毋捌討、

毋捌發覺、抑是毋捌記起來的淺求。

Guá kóng bē tshut tsit liáp sim tiām-tiām-á lian--

　　khì ê lí-iû.

Sī in-uī hit kuá i m̄-bat thó,

m̄-bat huat-kak, iáh-sī m̄-bat kì--khiaih ê tshián-kiû.

038

Woman, when you move about in your household
service your limbs sing like a hill stream among
its pebbles.

姿娘仔，你無閒厝內事跤手咧振動，
可比是山泉水對石卵仔* 流過咧唸歌。

Tsu-niû-á, lí bô-îng tshù-lāi-sū kha-tshiú teh tín-
tāng, khó-pí sī suann-tsuânn-tsuí uì tsio̍h-nn̄g-á
lâu--kuè teh liām kua.

* 石卵仔（tsio̍h-nn̄g-á），鵝卵石。

039

The sun goes to cross the Western sea,

leaving its last salutation to the East.

日頭起身盤* 過西爿的海洋，

將伊最後的行禮留予東方。

Jit-thâu khí-sin puânn kuè sai-pîng ê hái-iûnn,

tsiong i tsuè-āu ê kiânn-lé lâu hōo tang-hng.

* 盤（puânn），翻越。

040

Do not blame your food because you have no
appetite.

毋通因為無喙斗就牽拖你的飯。

M̄-thang in-uī bô tshuì-táu tiō khan-thua lí ê pn̄g.

041

The trees, like the longings of the earth,

stand a-tiptoe to peep at the heaven.

樹仔若像是土地的向望,

躡跤尾向天堂眯眯仔看。

Tshiū-á ná-tshiūnn sī thóo-tē ê ǹg-bāng,

nih-kha-bué hiòng thian-tông bî-bî-á khuànn.

042

You smiled and talked to me of nothing

and I felt that for this I had been waiting long.

你文文仔笑，對阮無話來講。

我煞感覺這就是我久長的等望。

Lí bûn-bûn-á-tshiò, tuì gún bô uē lâi kóng.

Guá suah kám-kak tse tiō sī guá kú-tn̂g ê tán-bōng.

043

The fish in the water is silent, the animal on the
earth is noisy, the bird in the air is singing.
But Man has in him the silence of the sea, the noise
of the earth and the music of the air.

水底的魚仔恬䀡䀡，塗跤動物吵抐抐，天頂的鳥
隻聲聲唱。
毋過人的自身就有海的靜寂*、有地的紛擾、閣
有天的樂調。

Tsuí-té ê hî-á tiām-tsiuh-tsiuh, thôo-kha tōng-bùt
tshá-lā-lā, thinn-tíng ê tsiáu-tsiah siann-siann
tshiùnn.
Ḿ-koh lâng ê tsū-sin tiō ū hái ê tsīng-tsiauh, ū tē ê
hun-jiáu, koh ū thinn ê gàk-tiāu.

---

* 靜寂（tsīng-tsiauh），寂靜之意；此處寂（tsik）字訓讀為
tsiauh音，同第170、182首。

044

The world rushes on over the strings of the lingering
heart making the music of sadness.

世界傱袂停，傱過行袂開跤的心，
心弦予伊弄出悲傷的樂音。

Sè-kài tsông buē thîng, tsông kuè kiânn-buē-khui-
kha ê sim,
sim-hiân hōo i lāng tshut pi-siong ê gȧk-im.

045

He has made his weapons his gods.

When his weapons win he is defeated himself.

伊將家己的武器祀* 做神來拜。

武器拍贏的時陣，伊是予家己拍敗。

I tsiong ka-kī ê bú-khì tshāi tsò sîn lâi pài.

Bú-khì phah iânn ê sî-tsūn, i sī hōo ka-kī phah-pāi.

* 祀（tshāi），原指設立祖先的牌位，此處指把武器奉為神祇。

046

God finds himself by creating.

神佇創造之中揣著家己。

Sîn tī tshòng-tsō tsi-tiong tshuē-tiòh ka-kī.

047

Shadow, with her veil drawn,

follows Light in secret meekness,

with her silent steps of love.

「影」共面紗戴咧行，

溫順徙身，偷偷仔跟綴「光線」，

伴伊恬靜說愛的伐。

"Iánn" kā bīn-se tì leh kiânn,

un-sūn suá-sin, thau-thau-á kun-tuè "kng-suànn,"

phuānn i tiām-tsīng sueh ài ê huåh.

048

The stars are not afraid to appear like fireflies.

天星毋驚予人看做火金蛄。

Thinn-tshinn m̄-kiann hōo lâng khuànn-tsò hué-kim-
koo.

049

I thank thee that I am none of the wheels of power
but I am one with the living creatures that are
   crushed by it.

多謝汝，予我佇權力的車輪內啥物攏毋是，
予我是活物*，是去予輪仔軋過的其中之一。

To-siā lú, hōo guá tī khuân-lik ê tshia-lián lāi siánn-
   mih lóng m̄-sī,
hōo guá sī uah-but, sī khì hōo lián-á kauh--kuè ê kî-
   tiong-tsi-it.

* 活物（uah-but），聖經用語，本詩參考創世紀台語漢字本譯
   為「活物」。

050

The mind, sharp but not broad,

sticks at every point but does not move.

心是利劍劍，煞袂闊櫳櫳*。

執訣* 鋩鋩角角，原仔* 無振無動。

Sim sī lāi-kiàm-kiàm, suah bē khuah-lang-lang.

Tsip-kuat mê-mê-kak-kak, guân-á bô-tín-bô-tāng.

* 櫳（lang），指稀疏、縫隙大的樣子，同第152、156首。
* 執訣（tsip-kuat），執著、偏執於。
* 原仔（guân-á），又讀作uân-á，指仍然、也還是。

051

Your idol is shattered in the dust

to prove that God's dust is greater than your idol.

你的偶像去予絞碎佇塗粉仔內,

來證明講神的塗沙比你的偶像閣較偉大。

Lí ê ngóo-siōng khì hōo ká tshuì tī thôo-hún-á lāi,

lâi tsìng-bîng kóng Sîn ê thôo-sua pí lí ê ngóo-siōng

koh-khah uí-tāi.

052

Man does not reveal himself in his history,

he struggles up through it.

人無才調憑伊的歷史就共家己表現出來，

伊是規路綿死綿爛*才有通好予人知。

Lâng bô tsâi-tiāu pîng i ê lik-sú tiō kā ka-kī piáu-

hiān--tshut-lâi,

i sī kui-lōo mî-sí-mî-nuā tsiah ū thang-hó hōo lâng

tsai.

* 綿死綿爛（mî-sí-mî-nuā），執著、堅持到底。

053

While the glass lamp rebukes the earthen

for calling it cousin, the moon rises,

and the glass lamp, with a bland smile,

calls her, "My dear, dear sister."

玻璃燈無愛瓷仔燈共伊當做親情*，

氣怫怫掠伊罵的時陣，月娘跕起來矣。

玻璃燈就按呢文文仔笑咧，

共月娘叫，「我親愛的姊妹仔伴。」

Po-lê-ting bô ài huî-á-ting kā i tòng-tsò tshin-tsiânn,

khì-phut-phut liah i mē ê sî-tsūn, gueh-niû peh--khí-

　　lâi--ah.

Po-lê-ting tsuánn bûn-bûn-á tshiò--leh,

kā gueh-niû kiò, "Guá tshin-ài ê tsí-muē-á-phuānn."

---

* 親情（tshin-tsiânn），此處指親戚，讀作tshin-tsîng時則指親
　　人之間的感情，同第172首。

054

Like the meeting of the seagulls and the waves we
meet and come near.
The seagulls fly off, the waves roll away and we
depart.

親像鳥佮海湧的交會，咱相拄相倚來。
海鳥高飛，海湧捲退，咱就來分東西。

Tshin-tshiūnn tsiáu kah hái-íng ê kau-huē, lán sio-tú
sio-uá--lâi.
Hái-tsiáu ko-pue, hái-íng kńg-thè, lán tō lâi hun
tang-sai.

055

My day is done, and I am like a boat drawn on the
beach, listening to the dance-music of the tide in
the evening.

一工結束，我像沙埔頂搭岸*的船，
聽海湧的舞曲演奏佇日欲暗時陣。

Tsit kang kiat-sok, guá tshiūnn sua-poo tíng tah-
huānn ê tsûn, thiann hái-íng ê bú-khik ián-tsàu tī
jit-beh-àm sî-tsūn.

* 搭岸（tah-huānn），指靠岸。

056

Life is given to us, we earn it by giving it.

性命是天送予人的，咱著愛用奉獻性命來換。

Sìnn-miā sī thinn sàng hōo lâng--ê, lán tiòh-ài iōng
hōng-hiàn sìnn-miā lâi uānn.

057

We come nearest to the great when we are great in
humility.

咱上謙虛的時，就和偉大掠上近。

Lán siōng khiam-hi ê sî, tō hām uí-tāi liáh siōng kīn.

058

The sparrow is sorry for the peacock at the burden
of its tail.

厝鳥仔看孔雀揹伊沉重的尾，
心肝頭感覺真袂得過。

Tshù-tsiáu-á khuànn khóng-tshiok phāinn i tîm-tāng
ê bué, sim-kuann-thâu kám-kak tsin bē-tit kuè.

059

Never be afraid of the moments

– thus sings the voice of the everlasting.

面對時時刻刻嘛莫起驚惶

──年月之聲按呢咧唸歌。

Bīn-tuì sî-sî-khik-khik mā mài khí kiann-hiânn

– nî-guėh tsi siann án-ne leh liām-kua.

060

The hurricane seeks the shortest road by the no-road,

and suddenly ends its search in the Nowhere.

風颱佇無路之中揣上短的途,
閣佇無地之間結束伊的奔波。

Hong-thai tī bô-lōo tsi-tiong tshuē siōng té ê tôo,

koh tī bô-tē tsi-kan kiat-sok i ê pun-pho.

061

Take my wine in my own cup, friend.

It loses its wreath of foam when poured into that of
others.

朋友啊，來共我杯底的酒啉予焦。

若斟入去別人的杯內，伊彼箍*白波就無去矣。

Pîng-iú--ah, lâi kā guá pue té ê tsiú lim hōo ta.

Nā thîn jip-khì pát-lâng ê pue lāi, i hit khoo pėh-pho
tiō bô--khì--ah.

* 箍（khoo），此處為計算環狀物（白色泡沫）的量詞。

062

The Perfect decks itself in beauty for the love of the Imperfect.

「完美」為著「無完美」的愛慕共家己妝甲婿噹噹。

"Uân-bí" uī-tiȯh "bô-uân-bí" ê ài-bōo kā ka-kī tsng kah suí-tang-tang.

063

God says to man, "I heal you therefore I hurt, love
  you therefore punish."

神對人講：「我欲治你，所以傷你；因為愛你，
  毋才* 罰你。」

Sîn tuì lâng kóng: "Guá beh tī lí, sóo-í siong--lí; in-
  uī ài lí, m̄-tsiah huat--lí."

* 毋才（m̄-tsiah），所以才會；若非前述狀況，後列事件就不會
發生。

064

Thank the flame for its light, but do not forget the lampholder standing in the shade with constancy of patience.

感謝火柴來的光線，毋過嘛著帶念
彼个真有牽挽*的底座，一世人徛佇烏影。

Kám-siā hué tsah--lâi ê kng-suànn, m̄-koh mā tiȯh tài-liām hit ê tsin ū khan-bán ê té-tsō, tsit-sì-lâng khiā tī oo-iánn.

* 牽挽（khan-bán），指做事持久有耐力。

065

Tiny grass, your steps are small, but you possess the earth under your tread.

小小的草仔，你的跤步雖然細，

毋過佇你的行踏下底，煞有懷* 一片土地。

Sió-sió ê tsháu-á, lí ê kha-pōo sui-jiân sè,

m̄-koh tī lí ê kiânn-tàh ē-té, suah ū kuî tsit phiàn thóo-tē.

* 懷（kuî），指持有、收納。

066

The infant flower opens its bud and cries, "Dear
World, please do not fade."

今*生的花將伊的芽襬*開，那喝：
「親愛的世界，請毋通失光彩。」

Tann senn ê hue tsiong i ê gê thí--khui, ná huah:
"Tshin-ài ê sè-kài, tshiánn m̄-thang sit-kong-tshái."

* 今（tann），指剛才、現在或如今，同第121、199、235、318
首。

* 襬（thí），張開、展開。

067

God grows weary of great kingdoms, but never of
little flowers.

上帝會對偉大的王國感覺厭瘵，
煞永遠袂共小花蕊當做是夯枷。

Siōng-tè ē tuì uí-tāi ê ông-kok kám-kak ià-siān,
suah íng-uán bē kā sió hue-luí tòng-tsò-sī giâ-kê.

068

Wrong cannot afford defeat but Right can.

「錯誤」袂堪得著觸*，「正確」才會堪得觸。

"Tshò-ngōo" bē-kham-eh tiòh-tak, "tsìng-khak"
　　tsiah ē-kham-eh tak.

---

* 著觸（tiòh-tak），因踢到東西而失足踉蹌，引申為遭遇打
　擊。

069

"I give my whole water in joy," sings the waterfall,

"though little of it is enough for the thirsty."

「我甘願獻出我所有的水泉，」水沖吟唸：

「就算小可仔就通予喙的人止喙焦。」

"Guá kam-guān hiàn-tshut guá sóo-ū ê tsuí-tsuânn,"

tsuí-tshiâng gîm-liām:

"Tiō-sǹg sió-khuá-á tiō thang hōo hia-ê lâng tsí-

tshuì-ta."

070

Where is the fountain that throws up these flowers
in a ceaseless outbreak of ecstasy?

怙伊直直煏出來的快樂，共遮的花蕊噴起來的泉
水，伊的源頭是佇佗位咧？

Kōo i tit-tit piak--tshuaih ê khuài-lȯk, kā tsia--ê hue-
luí phùn--khiaih ê tsuânn-tsuí, i ê guân-thâu sī tī
tó-uī--leh?

071

The woodcutter's axe begged for its handle from the
tree.

The tree gave it.

剉柴人的斧頭咧和樹仔討伊的刀柄。

樹仔就按呢予伊矣。

Tshò-tshâ-lâng ê póo-thâu teh hām tshiū-á thó i ê to-
pènn.

Tshiū-á tsuánn hōo i--ah.

072

In my solitude of heart
I feel the sigh of this widowed evening
veiled with mist and rain.

佇透心肝的孤單之中，
我感受著獨身的伊的怨嘆——
這个去予雺霧風雨崁牢的暗晡。

Tī thàu-sim-kuann ê koo-tuann tsi-tiong,
guá kám-siū-tiòh tòk-sin ê i ê uàn-thàn –
tsit ê khì hōo bông-bū hong-ú khàm tiâu ê àm-poo.

073

Chastity is a wealth that comes from abundance of
love.

純潔是資財,源對飽滇的愛。

Sûn-kiat sī tsu-tsâi, guân-uì pá-tīnn ê ài.

074

The mist, like love, plays upon the heart of the hills
and brings out surprises of beauty.

雺霧若像愛，佇山崙的心上遊東西，
又閣將料想袂到的美麗紮過來。

Bông-bū ná-tshiūnn ài, tī suann-lūn ê sim siōng iû
tang-sai, iū-koh tsiong liāu-sióng-bē-kàu ê bí-lē
tsah--kuè-lâi.

075

We read the world wrong and say that it deceives us.

咱共這个世界讀走精，

閣怪講伊共咱騙騙去。

Lán kā tsit ê sè-kài thak tsáu-tsing,

koh kuài kóng i kā lán phiàn-phiàn--khì.

076

The poet wind is out over the sea and the forest to
seek his own voice.

詩人的風為著欲走揣家己的聲，
流過無邊大海，盤過深山林內。

Si-jîn ê hong uī-tiòh beh tsáu-tshuē ka-kī ê siann,
lâu kuè bô-pinn tuā-hái, puânn kuè tshim-suann-nâ-lāi.

077

Every child comes with the message
that God is not yet discouraged of man.

每一个囡仔的出世，攏表示
講神明猶未對咱人感覺餒志*。

Muí tsit ê gín-á ê tshut-sì, lóng piáu-sī
kóng sîn-bîng iah-buē tuì lán-lâng kám-kak lué-tsì.

* 餒志（lué-tsì），氣餒、喪志。

078

The grass seeks her crowd in the earth.

The tree seeks his solitude of the sky.

草仔佇塗跤招伴。

樹仔向天求孤單。

Tsháu-á tī thôo-kha tsio-phuānn.

Tshiū-á hiòng thinn kiû koo-tuann.

079

Man barricades against himself.

人嘛會造瓦起壁來鎮*家己的路。

Lâng mā ē tsō-hiā khí-piah lâi tìn ka-kī ê lōo.

* 鎮（tìn），指佔位、阻礙通行。

080

Your voice, my friend, wanders in my heart,

like the muffled sound of the sea among these

listening pines.

朋友啊，你的聲依聿* 佇我的心肝，

像海的低音縈纏* 佇斟酌聽的松林。

Pîng-iú--ah, lí ê siann i-ut tī guá ê sim-kuann,

tshiūnn hái ê kē-im inn-tînn tī tsim-tsiok thiann ê

siông-nâ.

* 依聿（i-ut），指徘徊、沾染而難以散去。
* 縈纏（inn-tînn），縈繞、糾纏。

081

What is this unseen flame of darkness whose sparks
are the stars?

烏暗中來覕，爍出滿滿的天星，
彼葩看袂著的火到底是啥物？

Oo-àm tiòng lâi bih, sih tshut muá-muá ê thinn-tshinn,
hit pha khuànn bē tióh ê hué tàu-té sī siánn-mih?

082

Let life be beautiful like summer flowers
and death like autumn leaves.

予性命美麗若熱天的花，
死嘛著婿甲像葉落九月。

Hōo sìnn-miā bí-lē ná luah-thinn ê hue,
sí mā tioh suí kah tshiūnn hioh loh káu-gueh.

083

He who wants to do good knocks at the gate;

he who loves finds the gate open.

欲做好人的人，敲門愛你來應；

會曉愛人的人，看著門拍開開。

Beh tsò hó-lâng ê lâng, khà-mn̂g ài lí lai ìn;

ē-hiáu ài lâng ê lâng, khuànn-tio̍h mn̂g phah khui-

khui.

084

In death the many becomes one;

in life the one becomes many.

Religion will be one when God is dead.

佇死下底，較濟嘛結成一个；

佇活內面，獨一也變化濟濟。

神若棄世*，宗教會成做一體。

Tī sí ē-té, khah tsē mā kiat sîng tsit ê;

tī uáh lāi-bīn, tȯk-it iā piàn-huà tsē-tsē.

Sîn nā khì-sè, tsong-kàu ē tsiânn-tsò it-thé.

* 棄世（khì-sè），指死亡、亦有放棄俗世生活之意，用法同第
278首。

085

The artist is the lover of Nature,

therefore he is her slave and her master.

藝術家是大自然的愛人，

就按呢做伊的奴隸兼主人。

Gē-su̍t-ka sī tāi-tsū-jiân ê ài-jîn,

tsuán tsò i ê lôo-lē kiam tsú-jîn.

086

"How far are you from me, O Fruit?"

"I am hidden in your heart, O Flower."

「果子啊，你離我有偌遠？」

「花蕊啊，我就藏佇你的心園。」

"Kué-tsí--ah, lí lī guá ū guā hn̄g?"

"Hue-luí--ah, guá tiō tshàng tī lí ê sim-hn̂g."

087

This longing is for the one who is felt in the dark,

but not seen in the day.

遮的思慕，是欲來獻予

暝時會領受、日時看無樣的彼个伊。

Tsia--ê su-bōo, sī beh lâi hiàn hōo

mê--sî ē niá-siū, jit--sî khuànn bô iūnn ê hit ê i.

088

"You are the big drop of dew under the lotus leaf,
I am the smaller one on its upper side," said the
dewdrop to the lake.

「你是蓮葉下底的大水滴，我是葉頂較細的彼
粒。」水滴向湖按呢講。

"Lí sī lián-hióh ē-té ê tuā-tsuí-tih, guá sī hióh tíng
khah sè ê hit liàp." tsuí-tih hiòng ôo án-ne kóng.

089

The scabbard is content to be dull when it protects

the keenness of the sword.

為著欲保護刀喙* 的鋩*，

刀鞘* 無藝* 嘛無怨無感。

Uī-tiòh beh pó-hōo to-tshuì ê mê,

to-siù bô-gē mā bô-uàn-bô-tsheh.

* 刀喙（to-tshuì），指刀口、刀鋒。

* 鋩（mê），刀刃，此處形容刀鋒的銳利。

* 刀鞘（to-siù），又讀作to-siò，指用來套住刀劍的硬殼。

* 無藝（bô-gē），同無藝量（bô-gē-niū），指乏味、無趣。

090

In darkness the One appears as uniform;

in the light the One appears as manifold.

烏暗中，伊若像唯一；

光明底，伊千象萬形。

Oo-àm tiong, i ná-tshiūnn uî-it;

kong-bîng té, i tshian-siōng-bān-hîng.

091

The great earth makes herself hospitable with the
help of the grass.

大地借草仔的跤手，予家己變甲慷慨四序。

Tāi-tē tsioh tsháu-á ê kha-tshiú, hōo ka-kī piàn kah
khóng-khài sù-sī.

092

The birth and death of the leaves are the rapid whirls
of the eddy whose wider circles move slowly
among stars.

葉仔死閣生，是旋水*急咧拍箍踅*，
較闊的彼輾倚向天星沓沓仔迴。

Hio̍h-á sí koh senn, sī suân-tsuí kip teh phah-khoo-
se̍h,
khah khuah ê hit liàn uá hiòng thinn-tshinn ta̍uh-
ta̍uh-á huê.

* 旋水（suân-tsuí），漩渦。
* 拍箍踅（phah-khoo-se̍h），打轉、繞圈。

093

Power said to the world, "You are mine."

The world kept it prisoner on her throne.

Love said to the world, "I am thine."

The world gave it the freedom of her house.

「權力」向世界講：「你是我的。」

世界就按呢共伊變做王位的監囚。

「愛」對世界講：「我是汝的。」

世界就按呢予伊出入門埕的自由。

"Khuân-lik" hiòng sè-kài kóng: "Lí sī guá ê."

Sè-kài tsuánn kā i piàn-tsò ông-uī ê kann-siû.

"Ài" tuì sè-kài kóng: "Guá sī lú ê."

Sè-kài tsuánn hōo i tshut-jip mn̂g-tiânn ê tsū-iû.

094

The mist is like the earth's desire.

It hides the sun for whom she cries.

雺霧若親像土地的煞心，

共伊吼欲挃的日頭暗崁起來。

Bông-bū ná-tshin-tshiūnn thóo-tē ê sannh-sim,

kā i háu beh tih ê jit-thâu àm-khàm--khí-lâi.

095

Be still, my heart,

these great trees are prayers.

倚予定，我的心啊，

遮的大樹是祈禱者。

Khiā hōo tiānn, guá ê sim--ah,

tsia--ê tuā-tshiū sī kî-tó-tsiá.

096

The noise of the moment scoffs at the music of the
Eternal.

這个瞬間的攪吵，咧詼笑永世的音樂聲。

Tsit ê sùn-kan ê kiáu-tshá, teh khue-tshiò íng-sè ê
im-ga̍k-siann.

097

I think of other ages that floated upon the stream of
life and love and death and are forgotten, and I
feel the freedom of passing away.

若想著彼寡年歲，是按怎
綴生活佮愛佮死的水流溜嗹*，閣消失咧記持內底，
我就按呢感受著消失去的自在佮自然。

Nā siūnn-tioh hit kuá nî-huè, sī án-tsuánn
tuè sing-uah kah ài kah sí ê tsuí-lâu liu-lian, koh
siau-sit teh kì-tî lāi-té,
guá tsuánn kám-siū-tioh siau-sit--khì ê tsū-tsāi kah
tsū-jiân.

* 溜嗹（liu-lian），指蹓躂、遊蕩。

098

The sadness of my soul is her bride's veil.

It waits to be lifted in the night.

悲傷是阮靈魂的新娘紗。

伊等人來掀，佇三更半暝。

Pi-siong sī gún lîng-hûn ê sin-niû-se.

I tán lâng lâi hian, tī sann-kinn-puànn-mê.

099

Death's stamp gives value to the coin of life; making
it possible to buy with life what is truly precious.

「死」的印記予「生」的銀角仔變甲真有價值；
按呢人才會當用性命來去買真正寶貴的物件。

"Sí" ê ìn-kì hōo "sing" ê gîn-kak-á piàn kah tsin ū
kè-tàt; án-ne lâng tsiah ē-tàng iōng sìnn-miā lâi
khì bué tsin-tsiànn pó-kuì ê mih-kiānn.

100

The cloud stood humbly in a corner of the sky.

The morning crowned it with splendour.

雲蕊謙謙仔徛佇天的邊仔角。

早起時仔才用光彩共伊加冕。

Hûn-luí khiam-khiam-á khiā tī thinn ê pinn-á-kak.

Tsái-sî-á tsiah iōng kong-tshái kā i ka-bián.

101

The dust receives insult and in return offers her
flowers.

块埃塗* 予人侮辱，閣送人花蕊做回報。

Ing-ia-thôo hōo lâng bú-jiȯk, koh sàng lâng hue-luí
tsò huê-pò.

* 块埃塗（ing-ia-thôo），塵土；块埃（ing-ia）指灰塵。

102

Do not linger to gather flowers to keep them,

but walk on, for flowers will keep themselves

blooming all your way.

毋通因為想欲挽來囥，就佇花欉邊躊躇跤步。

繼續行你的路，花蕊就會家己開滿你的沿途。

M̄-thang in-uī siūnn-beh bán lâi khǹg, tiō tī hue-

tsâng pinn tiû-tû kha-pōo.

Kè-siok kiânn lí ê lōo, hue-luí tiō ē ka-kī khui buán

lí ê iân-tôo.

103

Roots are the branches down in the earth.

Branches are roots in the air.

根是對塗底生的枝。

枝是佇空中湠的根。

Kin sī uì thôo-té senn ê ki.

Ki sī tī khong-tiong thuànn ê kin.

104

The music of the far-away summer flutters around
the Autumn seeking its former nest.

遙遠熱天的音樂聲飄揚佇秋日的四周，
咧走揣伊舊時的岫*。

Iâu-uán juah-thinn ê im-gak-siann phiau-iông tī
tshiu-jit ê sì-tsiu,
teh tsáu-tshuē i kū-sî ê siū.

* 岫（siū），巢穴之意。

105

Do not insult your friend by lending him merits

from your own pocket.

莫共你的才德對家己的橐袋仔內底提出來借予恁
朋友，按呢是咧共人蹧躂。

Mài kā lí ê tsâi-tik uì ka-kī ê lak-tē-á lāi-té thèh
tshuaih tsioh hōo lín pîng-iú, án-ne sī leh kā lâng
tsau-that.

106

The touch of the nameless days clings to my heart
like mosses round the old tree.

彼寡無留名的日子
有感觸佇我的心上牽藤*，
袂輸是共老樹箍起來的青苔。

Hit kuá bô lâu-miâ ê jit-tsí
ū kám-tshiok tī guá ê sim siōng khan-tîn,
bē-su sī kā lāu-tshiū khoo--khí-lâi ê tshenn-thî.

* 牽藤（khan-tîn），指植物蔓延攀附於其他物品上。

107

The echo mocks her origin to prove she is the
  original.

應聲共伊的原音誆仿，
來證明伊家己的原創。

Ìn-siann kā i ê guân-im khue-hóng,
lâi tsìng-bîng i ka-kī ê guân-tshòng.

God is ashamed when the prosperous boasts of His special favour.

聽著好命人臭彈講家己是天公仔囝，天公只感覺見笑。

Thiann-tiòh hó-miā-lâng tshàu-tuānn kóng ka-kī sī thinn-kong-á-kiánn, thinn-kong tsí kám-kak kiàn-siàu.

109

I cast my own shadow upon my path,

because I have a lamp that has not been lighted.

我將家己的影炤* 佇家己的路,

因為我有一葩火猶未予人點著*。

Guá tsiong ka-kī ê iánn tshiō tī ka-kī ê lōo,

in-uī guá ū tsit pha hué iah-bē hōo lâng tiám tóh.

* 炤(tshiō),指將光影照射出去的動作。
* 點著(tiám-tóh),點燃;「著」讀作tóh時,指燃燒或點亮,
  同第146、183、251、274首。

110

Man goes into the noisy crowd to drown his own
clamour of silence.

人行入去嘻嘻嘩嘩的人群，欲共家己無聲的喝咻*
淹過去。

Lâng kiânn jip-khì hi-hi-huā-huā ê jîn-kûn, beh kā
ka-kī bô-siann ê huah-hiu im--kuè-khì.

* 喝咻（huah-hiu），大聲叫嚷。

111

That which ends in exhaustion is death,

but the perfect ending is in the endless.

會因為盡磅就來收煞的號做死亡，

毋過上圓滿的尾局是結束佇無窮。

Ē in-uī tsīn-pōng tō lâi siu-suah ê hō-tsò sí-bông,

m̄-koh siōng uân-buán ê bué-kiòk sī kiat-sok tī bû-

kiông.

112

The sun has his simple robe of light.

The clouds are decked with gorgeousness.

日頭穿一軀用光紩* 的長素衫。

雲蕊是規身妖嬌美麗的穿插。

Jit-thâu tshīng tsit su iōng kng thīnn ê tn̂g-sòo-sann.

Hûn-luí sī kui-sin iau-kiau bí-lē ê tshīng-tshah.

* 紩（thīnn），縫紉衣服的動作。

113

The hills are like shouts of children

who raise their arms, trying to catch stars.

山崙若親像囡仔人的喊喝，

一陣手攑懸懸、欲共天星挽落來的囡仔。

Suann-lūn nā-tshin-tshiūnn gín-á-lâng ê hán-huah,

tsit tīn tshiú giảh-kuân-kuân, beh kā thinn-tshenn

　　bán--luaih ê gín-á.

114

The road is lonely in its crowd for it is not loved.

濟人的街仔路因為袂得人愛來感覺孤單。

Tsē-lâng ê ke-á-lōo in-uī bē tit-lâng-ài lâi kám-kak
koo-tuann.

115

The power that boasts of its mischiefs is laughed at
by the yellow leaves that fall, and clouds that pass
by.

權力將家己變猴弄的代誌提出來展[*]的時，
就會去予落塗的黃葉佮路途的白雲恥笑。

Khuân-lik tsiong ka-kī pìnn-kâu-lāng ê tāi-tsì théh
tshuaih tián ê sî,
tō ē khì hōo lȯh-thôo ê n̂g-hiȯh kah lōo-tôo ê pȧh-
hûn thí-tshiò.

* 展（tián），炫耀之意，同第236首。

116

The earth hums to me today in the sun,

like a woman at her spinning,

some ballad of the ancient time in a forgotten

    tongue.

大地今仔日佇日頭跤哼歌予阮聽，

像一个咧弄紡紗機的查某人，

用失傳的話哼某一條古早時代的民歌。

Tāi-tē kin-á-jit tī jit-thâu-kha hainn-kua hōo gún

    thiann,

tshiūnn tsit ê teh lāng pháng-se-ki ê tsa-bóo-lâng,

iōng sit-thuân ê uē hainn bóo tsit tiâu kóo-tsá sî-taī ê

    bîn-kua.

117

The grass-blade is worthy of the great world where
it grows.

一枝草仔猶原值得伊所成長的這片大地。

Tsit ki tsháu-á iu-guân ta̍t-tit i sóo sîng-tióng ê tsit
phiàn tāi-tē.

118

Dream is a wife who must talk.

Sleep is a husband who silently suffers.

「夢」是無講話會死的某。

「睏」是苦攏吞腹內的翁。

"Bāng" sī bô kóng-uē ē sí ê bóo.

"Khùn" sī khóo lóng thun pak-lāi ê ang.

119

The night kisses the fading day whispering to his ear, "I am death, your mother. I am to give you fresh birth."

暗暝勻仔* 共薄去的晝唉，那佇伊的耳邊輕輕仔講：「我是死，是你的母親。我欲來予你全新的人生。」

Àm-mê ûn-á kā poh--khì ê tàu tsim, ná tī i ê hīnn-pinn khin-khin-á kóng: "Guá sī sí, sī lí ê bó-tshin. Guá beh lâi hōo lí tsuân-sin ê jîn-sing."

* 勻仔（ûn-á），緩慢地、輕柔地。

120

I feel thy beauty, dark night, like that of the loved
woman when she has put out the lamp.

我感受著你的媠矣，烏暗暝，
若親像可愛的查某人共電火禁熄去彼時。

Guá kám-siū-tiȯh lí ê suí--ah, oo-àm-mî,

ná-tshin-tshiūnn khó-ài ê tsa-bóo-lâng kā tiān-hué
kìm sit--khì hit-sî.

121

I carry in my world that flourishes the worlds that
have failed.

我共過去每一个失敗的世界攏貯起來，
紮佇我今興旺繁華的世界。

Guá kā kuè-khì muí tsit ê sit-pāi ê sè-kài lóng tué--
khí-lâi, tsah tī guá tann hing-ōng huân-huâ ê sè-
kài.

122

Dear friend, I feel the silence of your great thoughts
of many a deepening eventide on this beach when
I listen to these waves.

親愛的朋友，我那聽這片沙埔海湧起起落落的聲
音，就那感受著你佇遐想天想地的恬靜，佇遐
爾濟漸漸深的暗晡時。

Tshin-ài ê pîng-iú, guá ná thiann tsit phiàn sua-poo
hái-íng khí-khí-lòh-lòh ê siann-im, tō ná kám-siū-
tiòh lí tī tsia siūnn-thinn-siūnn-tē ê tiām-tsīng, tī
tsiah-nī tsē tsiām-tsiām tshim ê àm-poo-sî.

123

The bird thinks it is an act of kindness to give the
fish a life in the air.

鳥仔想講共魚鬥摸*起來空中是咧做好心。

Tsiáu-á siūnn-kóng kā hî tàu giú khí-lâi khong-tiong
sī teh tsò hó-sim.

* 摸（giú），又讀作khiú，指用手拉的動作。

124

"In the moon thou sendest thy love letters to me,"

    said the night to the sun.

"I leave my answers in tears upon the grass."

「汝將欲予我的情批寄佇月娘，」暝共日講。

「我共回答準*目屎留佇草仔枝。」

"Lú tsiong beh hōo guá ê tsîng-phue kià tī guéh-

    niû," mê kā jit kóng.

"Guá kā huê-tap tsún bák-sái lâu tī tsháu-á-ki."

* 準（tsún），當做、以……的形式。

125

The great is a born child;

when he dies he gives his great childhood to the

world.

偉大生成是一个囡仔；

過身的時共伊不凡的囡仔時代留予世間。

Uí-tāi senn-sîng sī tsit ê gín-á;

kuè-sin ê sî kā i put-huân ê gín-á-sî-tāi lâu hōo sè-kan.

126

Not hammer strokes, but dance of the water sings
the pebbles into perfection.

石卵仔的完璧* 毋是搐槌仔拍出來的，
是溪水的舞步唱出來的。

Tsiòh-nn̄g-á ê uân-phik m̄-sī kòng-thuî-á phah--
tshuaih--ê,
sī khue-tsuí ê bú-pōo tshiùnn--tshut-lâi--ê.

* 完璧（uân-phik），借自日語（かんぺき），指完美無缺。

127

Bees sip honey from flowers and hum their thanks
　　when they leave.
The gaudy butterfly is sure that the flowers owe
　　thanks to him.

蜂對花蕊遐啖著蜜，離開的時舞翼說多謝。
妖嬌的蝶猶閣認定講是花蕊欠伊一聲勞力。

Phang uì hue-luí hia tam-tio̍h bi̍t, lī-khui ê sî bú-sit
　　sueh-to-siā.
Iau-kiau ê tia̍p iá-koh jīn-tīng kóng sī hue-luí khiàm
　　i tsit siann lóo-la̍t.

128

To be outspoken is easy when you do not wait to speak the complete truth.

若欲講話條直是真簡單，
只要你無愛等甲通共事實講齊全。

Nā beh kóng-uē tiâu-tit sī tsin kán-tan,
tsí-iàu lí buaih tán kah thang kā sū-sit kóng tsê-tsuân.

129

Asks the Possible to the Impossible, "Where is your

dwelling place?"

"In the dreams of the impotent", comes the answer.

「有可能」共「無可能」相借問：「你徛*的厝

佇佗位咧？」

「佇無才調的人的夢內底。」伊按呢應。

"Ū khó-lîng" kā "bô khó-lîng" sann-tsioh-mñg: "Lí

khiā ê tshù tī tó-uī--leh?"

"Tī bô tsâi-tiāu ê lâng ê bāng lāi-té." i àn-ne ìn.

* 徛（khiā），本意為站立，此處指居住。

130

If you shut your door to all errors

truth will be shut out.

見若*拄著錯誤你就摔門來應，

真理嘛會予你摔出去。

Kìnn-nā tú-tio̍h tshò-ngōo lí tiō siak-mn̂g lâi ìn,

tsin-lí mā ē hōo lí siak--tshut-khì.

* 見若（kìnn-nā），凡是、每每。

131

I hear some rustle of things behind my sadness of

heart, – I cannot see them.

我聽著有物件佇阮心傷的背後窸窸窣窣——我看

袂著是啥物。

Guá thiann-tiòh ū mih-kiānn tī gún sim-siong ê puē-

āu si-si-sùt-sùt — guá khuànn bē tiòh sī siánn-mih.

132

Leisure in its activity is work.

The stillness of the sea stirs in waves.

歇睏若活動就變做工課。

海水較恬止也會捲做湧。

Hioh-khùn nā uàh-tāng tiō piàn-tsò khang-khuè.

Hái-tsuí khah tiām-tsí iā ē kńg tsò íng.

133

The leaf becomes flower when it loves.

The flower becomes fruit when it worships.

葉仔學會曉愛就變花蕊。

花蕊若通崇拜就結果子。

Hiòh-á òh ē-hiáu ài tō piàn hue-luí.

Hue-luí nā thang tsông-pài tō kiat kué-tsí.

134

The roots below the earth claim no rewards for
making the branches fruitful.

塗底的根並無因為枝頭果子豐收就要求褒賞。

Thôo-té ê kin pīng-bô in-uī ki-thâu kué-tsí hong-siu
tō iau-kiû po-siúnn.

135

This rainy evening the wind is restless.

I look at the swaying branches and ponder over the greatness of all things.

這个落雨的暗晡時，風是吹甲無一時閒。

我那看樹枝搖來晃去，那共世間萬物的偉大想入心。

Tsit ê lȯh-hōo ê àm-poo-sî, hong sī tshue kah bô-tsit-sî-îng.

Guá ná khuànn tshiū-ki iô-lâi-hàinn-khì, ná kā sè-kan bān-bȯt ê uí-tāi siūnn jip-sim.

136

Storm of midnight, like a giant child awakened in
the untimely dark, has begun to play and shout.

深夜的風颱（親像一个大龐* 囡仔佇毋著時* 的
暗暝予人叫<u>起來</u>）已經開始四界迌迌、喝東喝
西。

Tshim-iā ê hong-thai (tshin-tshiūnn tsit ê tuā-phiāng
gín-á tī m̄-tiȯh-sî ê àm-mê hōo-lâng kiò--<u>khiaih</u>)
í-king khai-sí sì-kè tshit-thô, huah-tang-huah-sai.

---

* 大龐（tuā-phiāng），形容人身材高大。
* 毋著時（m̄-tiȯh-sî），指時機不對、不合時宜。

137

Thou raisest thy waves vainly to follow thy lover,

O sea, thou lonely bride of the storm.

汝共波浪攑起來，欲綴愛人的伐煞變無彩，

喔！大海，汝這个孤單新娘怎會去嫁風颱。

Lú kā pho-lōng giǎh--khí-lâi, beh tuè ài-jîn ê huǎh

suah pìnn-bô-tshái,

Ooh! Tuā-hái, lú tsit ê koo-tuann sin-niû tsuánn ē

khì kè hong-thai.

138

"I am ashamed of my emptiness," said the Word to
the Work.

"I know how poor I am when I see you," said the
Work to the Word.

「我對家己的空虛了然感覺真見笑。」字共穡*
講。

「看著你,我才知影家己有偌散赤。」穡共字
應。

"Guá tuì ka-kī ê khang-hi liáu-jiân kám-kak tsin
kiàn-siàu." Jī kā sit kóng.

"Khuànn-tio̍h lí, guá tsiah tsai-iánn ka-kī ū guā sàn-
tshiah." Sit kā jī ìn.

* 穡(sit),原指農事,現泛指所有工作。

139

Time is the wealth of change, but the clock in its
parody makes it mere change and no wealth.

時間是改變的財產，但是時鐘這个替身煞共伊仿
甲只賭變化、攏無價值。

Sî-kan sī kái-piàn ê tsâi-sán, tān-sī sî-tsing tsit ê thè-
sin suah kā i hóng kah tsí tshun piàn-huà, lóng bô
kè-ta̍t.

140

Truth in her dress finds facts too tight.

In fiction she moves with ease.

穿著衫的「真理」感覺「事實」傷過束縛。

伊佇「虛想」內底的跤步顛倒輕鬆。

Tshīng-tio̍h sann ê "tsin-lí" kám-kak "sū-sit" siunn-
　　kuè sok-pa̍k.

I-tī "hi-sióng" lāi-té ê kha-pōo tian-tò khin-sang.

141

When I travelled to here and to there, I was tired of thee, O Road, but now when thou leadest me to everywhere I am wedded to thee in love.

大路啊，佇我四界走傱彼當陣，我對你是感覺厭落落。

但是這馬你毛我四界行踏，我就佇愛之中和你敆相倚。

Tuā-lōo--ah, tī guá sì-kè tsáu-tsông hit-tang-tsūn, guá tuì lí sī kám-kak ià-lak-lak.

Tān-sī tsit-má lí tshuā guá sì-kè kiânn-tȧh, guá tō tī ài tsi-tiong hām lí kap sio-uá.

142

Let me think that there is one among those stars that
guides my life through the dark unknown.

請予我相信，相信佇遮大篷的天星內底，
總有一粒不時咧共我照路，焄我行過性命中毋捌
見識的烏暗。

Tshiánn hōo guá siong-sìn, siong-sìn tī tsia tuā
phâng ê thinn-tshinn lāi-té,
tsóng--ū tsit liap put-sî teh kā guá tsiò-lōo, tshuā guá
kiânn kuè sinn-miā tiòng m̄-bat kiàn-sik ê oo-àm.

143

Woman, with the grace of your fingers you touched
　　my things and order came out like music.

姑娘啊，你指頭仔幼秀來共我的濟濟物件磕*，
事事項項就按呢有板有嘹* 親像音樂。

Koo-niû--ah, lí tsíng-thâu-á iù-siù lâi kā guá ê tsē-
　　tsē mih-kiānn khap,
sū-sū-hāng-hāng tsuánn ū-pán ū-liâu tshin-tshiūnn
　　im-gak.

* 磕（khap），為觸碰之意，同第197首。
* 有板有嘹（ū-pán ū-liâu），井然有序的樣子；板嘹（pán-
　　liâu）指音樂的節拍。

144

One sad voice has its nest among the ruins of the
years.

It sings to me in the night, "I loved you."

有一个傷心的聲音，傍* 歲月的廢墟起伊的岫。

「我捌為你痴心。」暝時若到伊就按呢對我唱。

Ū tsit ê siong-sim ê siann-im, pñg suè-guat ê huì-hi
khí i ê siū.

"Guá bat uī lí tshi-sim." Mê--sî nā kàu i tiō án-ne tuì
guá tshiùnn.

* 傍（pñg），憑藉、沿靠、依附於，同第223首。

145

The flaming fire warns me off by its own glow.

Save me from the dying embers hidden under ashes.

旺火用伊燒出的光警告我莫行倚來。

救我離開颺佇烌底強欲化去的炭屎*。

Ōng-hué iōng i sio tshut ê kng kíng-kò guá mài
　　kiânn uá--lâi.

Kiù guá lī-khui bih tī hu té kiōng-beh hua--khì ê
　　thuànn-sái.

* 炭屎（thuànn-sái），指煤炭燃燒後剩下的碎屑。

146

I have my stars in the sky.

But oh for my little lamp unlit in my house.

天頂我有規片的繁星閃閃。

厝內阮彼葩小燈火無著煞來引阮思嘆。

Thinn-tíng guá ū kui phiàn ê huân-tshinn siám-siám.

Tshù-lāi gún hit pha sió ting-hué bô toh suah lâi ín

gún su-thàn.

147

The dust of the dead words clings to thee.

Wash thy soul with silence.

過往的話伊的塗烌去沐著你。

著愛用恬靜共靈魂洗予清氣。

Kuè-óng ê uē i ê thôo-hu khì bak-tio̍h lí.

Tio̍h-ài iōng tiām-tsīng kā lîng-hûn sé hōo tshing-khì.

148

Gaps are left in life through which comes the sad
  music of death.

人生之中留有濟濟空縫，
空縫內底傳來死的哀歌。

Jîn-sing tsi-tiong lâu-ū tsē-tsē khang-phāng,
khang-phāng lāi-té thuân-lâi sí ê ai-kua.

149

The world has opened its heart of light in the
morning.

Come out, my heart, with thy love to meet it.

今仔早起世界已經共伊透光的心門拍予開。

我的心，你嘛著出來，伴你想欲相見的情意。

Kin-á-tsái-khí sè-kài í-king kā i thàu-kng ê sim-mn̂g
phah hōo khui.

Guá ê sim, lí mā tiȯh tshut-lâi, phuānn lí siūnn-beh
sann-kìnn ê tsîng-ì.

150

My thoughts shimmer with these shimmering leaves
and my heart sings with the touch of this sunlight;
my life is glad to be floating with all things
into the blue of space, into the dark of time.

我的思想綴閃爍的葉仔峇微* 光，
我的心肝綴日頭的挲捋* 咧唸歌；
我的人生甘願綴世事同齊漂浪，
佇宇宙的紺藍*，入時間的烏暗。

Guá ê su-sióng tuè siám-sih ê hiòh-á bâ-bui kng,
guá ê sim-kuann tuè jit-thâu ê so-luàh teh liām kua;
guá ê jîn-sing kam-guān tuè sè-sū tang-tsê phiau-lōng,
tī ú-tiū ê khóng-lâm, jip sî-kan ê oo-àm.

* 峇微（bâ-bui），指稍微、若有似無的樣子。
* 挲捋（so-luàh），撫摸；挲（so）指搓揉或安撫，捋（luàh）
  則有梳順、撫平之意。
* 紺藍（khóng-lâm），同紺色（khóng-sik），深藍色之意。

151

God's great power is in the gentle breeze, not in the storm.

神的力量是佇陣陣微風，毋是雨潑雪落。

Sîn ê lik-liōng sī tī tsūn-tsūn bî-hong, m̄-sī hōo phuah seh lóh.

152

This is a dream in which things are all loose and
they oppress.

I shall find them gathered in thee when I awake and
shall be free.

這是一場夢，夢內疏櫳的萬物共人硩甲袂輕鬆。

若醒就會發覺個攏是向你合倚，時到我又閣是自
由的人。

Tse sī tsit tiûnn bāng, bāng lāi se-lang ê bān-bút kā
lâng teh kah bē khin-sang.

Nā tshénn tō ē huat-kak in lóng-sī hiòng lí hap-uá, sî
kàu guá iū-koh sī tsū-iû ê lâng.

153

"Who is there to take up my duties?" asked the
setting sun.

"I shall do what I can, my Master," said the earthen
lamp.

「紲落來是啥人欲擔我的擔？」斜西的日頭問
話。

「我會盡阮通做的，頭家。」塵間的燈火按呢
回。

"Suà--luaih sī siánn-lâng beh tann guá ê tànn?"
Tshiâ-sai ê jit-thâu mn̄g-uē.

"Guá ē tsīn gún thang tsò--ê, thâu-ke." Tîn-kan ê
ting-hué án-ne huê.

154

By plucking her petals you do not gather the beauty
of the flower.

一蕊花的媠是無法度怙挽瓣就予人收齊全。

Tsit luí hue ê suí sī bô-huat-tōo kōo bán bān tiō hōo
lâng siu tsê-tsuân.

155

Silence will carry your voice like the nest that holds
the sleeping birds.

恬靜會共你的聲音總貯貯起來，
就親像岫共當咧眠的鳥仔攬甲絚絚。

Tiām-tsīng ē kā lí ê siann-im tsóng té-té--khí-lâi,
tō tshin-tshiūnn siū kā tng-leh khùn ê tsiáu-á lám
kah ân-ân.

156

The Great walks with the Small without fear.

The Middling keeps aloof.

大範的是無驚無惶陪細漢的做伙行。

中範的是一路孤櫳櫳。

Tuā-pān--ê sī bô-kiann-bô-hiânn puê sè-hàn--ê tsò-
　　hué kiânn.

Tiong-pān--ê sī tsit-lōo koo-lang-lang.

157

The night opens the flowers in secret and allows the
day to get thanks.

「暝時」偷偷仔共花蕊擘予開，
伊共褒嗦*讓予「日時」來聽品*。

"Mê--sî" thau-thau-á kā hue-luí peh hōo khui,
i kā po-so niū hōo "jit--sî" lâi thiann-phín.

* 褒嗦（po-so），恭維誇獎之意。
* 聽品（thiann-phín），接受稱讚；品（phín）有誇耀之意。

Power takes as ingratitude the writhings of its victims.

權力共受害者的滾絞* 當做是毋知感謝。

Khuân-li̍k kā siū-hāi-tsiá ê kún-ká tòng-tsò sī m̄ tsai
kám-siā.

---

* 滾絞（kún-ká），掙扎、翻騰之意。

When we rejoice in our fulness, then we can part
with our fruits with joy.

咱若學會曉欣賞自身的圓滿，共家己的果子送落
地的時就會歡喜無憾。

Lán nā o̍h ē-hiáu him-sióng tsū-sin ê uân-buán, kā
ka-kī ê kué-tsí sàng lo̍h tē ê sî tiō ē huann-hí bô-
hām.

160

The raindrops kissed the earth and whispered, "We are thy homesick children, mother, come back to thee from the heaven."

雨水共大地唚一下輕聲講:「阿母,阮是想厝的囝兒,這馬自天頂落低,欲轉來你的身邊。」

Hōo-tsuí kā tāi-tē tsim--tsit-ē khin-siann kóng: "A-bú, gún sī siūnn-tshù ê kiánn-jî, tsit-má tsū thinn-tíng lòh-kē, beh tńg-lâi lí ê sin-pinn."

161

The cobweb pretends to catch dewdrops and catches
flies.

蜘蛛網那假做咧承露水，那共蟲攏掠掠起來。

Ti-tu-bāng ná ké-tsò leh sîn lōo-tsuí, ná kā thâng
lóng liàh-liàh--khí-lâi.

162

Love! When you come with the burning lamp of
pain in your hand, I can see your face and know
you as bliss.

愛情啊！佇你手捾一葩用痛苦燒的燈火向我行來
的時，我就會當相* 著你的面，知影這就是幸
福咧倚近。

Ài-tsîng--ah! Tī lí tshiú kuānn tsit pha iōng thòng-
khóo sio ê ting-hué hiòng guá kiânn--lâi ê sî, guá
tiō ē-tàng siòng-tiòh lí ê bīn, tsai-iánn tse tiō-sī
hīng-hok teh uá-kīn.

* 相（siòng），此處為注視的意思。

163

"The learned say that your lights will one day be no
more," said the firefly to the stars.

The stars made no answer.

「有學問的人攏講你的光有一工會拍無去。」火
金蛄參* 天星講。

天星無共伊應。

"Ū ha̍k-būn ê lâng lóng kóng lí ê kng ū-tsit-kang ē
phah-bô--khì." Hué-kim-koo tsham thinn-tshinn
kóng.

Thinn-tshinn bô kā i ìn.

* 參（tsham），和、跟，同第283首。

164

In the dusk of the evening the bird of some early
dawn comes to the nest of my silence.

佇這倚暗*的暮光，鳥隻對某乜拄才拆箬*的天來
到阮恬靜這个岫。

Tī tse uá-àm ê bōo-kng, tsiáu-tsiah uì bóo-mí tú-
tsiah thiah-hàh ê thinn lâi-kàu gún tiām-tsīng tsit
ê siū.

* 倚暗（uá-àm），傍晚、天色漸暗的時候。
* 拆箬（thiah-hàh），原意為剝下外殼，用來形容天空褪去夜
色、晨曦到來的樣子。

165

Thoughts pass in my mind like flocks of ducks in the
sky.

I hear the voice of their wings.

阮的心內想法一个一个流過去，袂輸天頂的鴨仔
一陣一陣。

我聽著個展翼的聲音。

Gún ê sim-lāi siūnn-huat tsit ê tsit ê lâu--kuè-khì,
bē-su thinn-tíng ê ah-á tsit tīn tsit tīn.

Guá thiann-tiȯh in thián-sit ê siann-im.

166

The canal loves to think that rivers exist solely to
supply it with water.

運河總是認為溪港踮遐只是為著欲予伊有水通
用。

Ūn-hô tsóng--sī jīn-uî khue-káng tiàm hia tsí-sī uī-
tio̍h beh hōo i ū tsuí thang īng.

167

The world has kissed my soul with its pain,

asking for its return in songs.

世界用伊的痛疼來唚阮神魂，

愛阮用歌詩來報恩。

Sè-kài iōng i ê thàng-thiànn lâi tsim gún sîn-hûn,

ài gún iōng kua-si lâi pò-un.

168

That which oppresses me, is it my soul trying to
come out in the open, or the soul of the world
knocking at my heart for its entrance?

共我硈牢的，是我的靈魂試欲行出來開闊的所
在，抑是世界的靈魂咧共我的心硈門，講伊想
欲入來？

Kā guá teh-tiâu--ê, sī guá ê lîng-hûn tshì beh kiânn
tshuaih khui-khuah ê sóo-tsāi, iáh-sī sè-kài ê lîng-
hûn teh kā guá ê sim khók-mn̂g, kóng i siūnn-beh
jip-lâi?

169

Thought feeds itself with its own words and grows.

思想是用家己的話共家己飼大漢。

Su-sióng sī iōng ka-kī ê uē kā ka-kī tshī tuā-hàn.

170

I have dipped the vessel of my heart into this silent
hour; it has filled with love.

我共我的心船浸佇這恬寂的時分；伊貯著滿滿的
愛。

Guá kā guá ê sim-tsûn tsìm tī tse tiām-tsiauh ê sî-
hun; i tué-tio̍h muá-muá ê ài.

171

Either you have work or you have not.

When you have to say, "Let us do something," then
begins mischief.

你欲*，就有穡通做；欲，就無代誌做。

若準愛講「咱揣代誌來做好無？」麻煩就開始
囉。

Lí beh, tiō ū sit thang tsò; beh, tō bô tāi-tsì tsò.

Nā-tsún ài kóng "Lán tshuē tāi-tsì lâi tsò hó--bô?"
mâ-huân tiō khai-sí--loh.

* 欲……欲……（beh...beh...），表示要不……要不……。

172

The sunflower blushed to own the nameless flower
as her kin.
The sun rose and smiled on it, saying, "Are you
well, my darling?"

日頭花想著無名花是家己的親情，就見笑甲紅面
皮。
踮過山的日頭煞掠伊笑咧講：「心愛的，你敢有
好勢？」

Jit-thâu-hue siūnn-tiȯh bô-miâ-hue sī ka-kī ê tshin-
tsiânn, tō kiàn-siàu kah âng bīn-phuê.
Peh kuè suann ê jit-thâu suah liȧh i tshiò leh kóng:
"Sim-ài--ê, lí kám ū hó-sè?"

173

"Who drives me forward like fate?"

"The Myself striding on my back."

「是啥物人像運命仝款使我向前行？」

「是佇後壁大步無驚無惶的彼个我。」

"Sī siánn-mih-lâng tshiūnn ūn-miā kāng-khuán sú
　　guá hiòng-tsiân kiânn?"

"Sī tī āu-piah tuā-pōo bô-kiann-bô-hiânn ê hit ê
　　guá."

174

The clouds fill the watercups of the river,

hiding themselves in the distant hills.

雲共溪水的杯仔斟予滿，

閣偷偷覕佇遠遠彼片山。

Hûn kā khue-tsuí ê pue-á thîn hōo muá,

koh thau-thau bih tī hn̄g-hn̄g hit pîng suann.

175

I spill water from my water jar as I walk on my way,
very little remains for my home.

我佇我的路頂行，那共水捙出我的水罐仔，
留予厝內的賰少少一寡。

Guá tī guá ê lōo tíng kiânn, ná kā tsuí hiù tshut guá ê
tsuí-kuàn-á, lâu hōo tshù-lāi--ê tshun tsió-tsió tsit-
kuá.

176

The water in a vessel is sparkling;

the water in the sea is dark.

The small truth has words that are clear;

the great truth has great silence.

杯內的水閃閃爍；

海底的水烏黮黮。

小道理是講白白；

大道理是恬摺摺。

Pue-lāi ê tsuí siám-siám-sih;

hái-té ê tsuí oo-sìm-sìm.

Sió tō-lí sī kóng pe̍h-pe̍h;

tuā tō-lí sī tiām-tsih-tsih.

177

Your smile was the flowers of your own fields, your
talk was the rustle of your own mountain pines,
but your heart was the woman that we all know.

你的笑面親像是你彼片田園滿開的花欉，你講的
話袂輸是你彼寡山松幌葉的輕聲，毋過你的心
是彼个咱攏熟似的查某人。

Lí ê tshiò-bīn tshin-tshiūnn sī lí hit phiàn tshân-hn̄g
muá-khui ê hue-tsâng, lí kóng ê uē buē-su sī lí hit
kuá suann-siông hàinn hio̍h ê khin-siann, m̄-koh lí
ê sim sī hit ê lán lóng sik-sāi ê tsa-bóo-lâng.

178

It is the little things that I leave behind for my loved
ones, great things are for everyone.

細項物是留予愛人，大層代欲留予世人。

Sè-hāng míh sī lâu hōo ài-jîn, tuā-tsàn tài beh lâu
hōo sè-jîn.

179

Woman, thou hast encircled the world's heart with
the depth of thy tears as the sea has the earth.

女人啊，汝用淚的深來攬世界的心，就親像海共
土地環圍。

Lú-jîn--ah, lú iōng luī ê tshim lâi lám sè-kài ê sim,
tiō tshin-tshiūnn hái kā thóo-tē khuân-uî.

180

The sunshine greets me with a smile.

The rain, his sad sister, talks to my heart.

日頭的光文文仔笑咧,共我挨拶* 一下。

雨水,伊悲傷的小妹,對阮心頭講話。

Jit-thâu ê kng bûn-bûn-á-tshiò--leh, kā guá ăi-sá-

    tsuh* --tsit-ē.

Hōo-tsuí, i pi-siong ê sió-muē, tuì gún sim-thâu

    kóng-uē.

* 挨拶,源自日語(あいさつ),指打招呼、寒暄問安。

181

My flower of the day dropped its petals forgotten.

In the evening it ripens into a golden fruit of

memory.

我日時的花蕊共無人會記的花葉放揀去。

暝時伊就按呢結成一粒厚記持*的金果子。

Guá jit--sî ê hue-luí kā bô-lâng ē-kì ê hue-hio̍h

pàng-sak--khì.

Mê--sî i tsuánn kiat sîng tsit lia̍p kāu kì-tî ê kim kue-

tsí.

* 厚記持（kāu kì-tî），充滿回憶的；厚（kāu）指數量豐多，
如：厚話（kāu-uē）指話多、多嘴。

182

I am like the road in the night

listening to the footfalls of its memories in silence.

我就親像彼條暝時的路，

佇恬寂之中聽伊記持的跤步。

Guá tō tshin-tshiūnn hit tiâu mê--sî ê lōo,

tī tiām-tsiauh tsi-tiong thiann i kì-tî ê kha-pōo.

183

The evening sky to me is like a window, and a
lighted lamp, and a waiting behind it.

我看這黃昏的天若像一扇窗，佮一葩點著的燈
火，閣一份踮後的等待。

Guá khuànn tse hông-hun ê thinn ná-tshiūnn tsit
sìnn thang, kah tsit pha tiám-tóh ê ting-hué, koh
tsit hūn tàm-āu ê tán-thāi.

184

He who is too busy doing good finds no time to be
good.

傷無閒咧做好代的人，無揣時間來予家己好勢。

Siunn bô-îng teh tsuè hó-tāi ê lâng, bô tshuē sî-kan
lâi hōo ka-kī hó-sè.

185

I am the autumn cloud, empty of rain, see my
fulness in the field of ripened rice.

我是秋天的雲蕊，全無雨水，佇飽滇的稻仔田才
看著完整的家己。

Guá sī tshiu-thinn ê hûn-luí, tsuân bô hōo-tsuí, tī pá-
tīnn ê tiū-á-tshân tsiah khuànn-tio̍h uân-tsíng ê
ka-kī.

186

They hated and killed and men praised them.

But God in shame hastens to hide its memory under
the green grass.

個結仇、殘殺，眾人褒獎。

天公煞見笑甲趕緊共記持藏入青草埔。

In kiat-siû, tsân-sat, tsìng-lâng po-tsióng.

Thinn-kong suah kiàn-siàu kah kuánn-kín kā kì-tî
tshàng jip tshenn-tsháu-poo.

187

Toes are the fingers that have forsaken their past.

跤指頭仔是共過去放揀的手指。

Kha-tsíng-thâu-á sī kā kuè-khì pàng-sak ê tshiú-
tsáinn.

188

Darkness travels towards light, but blindness
  towards death.

烏暗領對光，青盲行對死。

Oo-àm niá uì kng, tshenn-mê kiânn uì sí.

189

The pet dog suspects the universe for scheming to take its place.

得人疼的狗仔真勢猜疑，認為規个宇宙攏咧設計欲得著伊的位。

Tit-lâng-thiànn ê káu-á tsin gâu tshai-gî, jīn-uî kui-ê ú-tiū lóng leh siat-kè beh tit-tiòh i ê uī.

190

Sit still, my heart, do not raise your dust.

Let the world find its way to you.

坐予在，我的心，莫將块埃撥起來。

予世界家己揣著行向你的所在。

Tsē hōo tsāi, guá ê sim, mài tsiong ing-ia puah--khí-lâi.

Hōo sè-kài ka-kī tshuē-tióh kiânn-hiòng lí ê sóo-tsāi.

191

The bow whispers to the arrow before it speeds forth

　– "Your freedom is mine."

箭當欲向前加速進前，弓輕聲共伊講：「你的自

　由是我的。」

Tsìnn tng-beh hiòng-tsiân ka-sok tsìn-tsîng, king

　khin-siann kā i kóng: "Lí ê tsū-iû sī guá ê."

192

Woman, in your laughter you have the music of the
fountain of life.

查某人，你佇你的笑聲內底演奏性命之泉的樂
章。

Tsa-bóo-lâng, lí tī lí ê tshiò-siann lāi-té ián-tsàu
sìnn-miā tsi tsuân ê ga̍k-tsiong.

193

A mind all logic is like a knife all blade.

It makes the hand bleed that uses it.

全理氣的心可比全全是鋩的刀。

會害使用伊的手流血受傷。

Tsuân lí-khì ê sim khó-pí tsuân-tsuân sī mê ê to.

Ē hāi sú-iōng i ê tshiú lâu-huih siū-siong.

194

God loves man's lamp lights better than his own
  great stars.

神明對人世燈火的愛較贏伊滿天的星光。

Sîn-bîng tuì jîn-sè ting-hué ê ài khah-iânn i muá-
  thinn ê tshinn-kng.

195

This world is the world of wild storms kept tame
with the music of beauty.

這个世界是陣陣粗殘風雨去予聲聲優美樂音馴和*
的世界。

Tsit ê sè-kài sī tsūn-tsūn tshoo-tshân hong-hōo khì
hōo siann-siann iu-bí ga̍k-im sûn-hô ê sè-kài.

---

* 馴和（sûn-hô），馴服至和善的狀態。

"My heart is like the golden casket of thy kiss," said
the sunset cloud to the sun.

「我的心若像是金色的篋仔，用你的キス* 貯
滿。」暗頭的雲講予日頭聽。

"Guá ê sim ná-tshiūnn sī kim-sik ê kheh-á, iōng lí
ê khì-suh* té-muá." Àm-thâu ê hûn kóng hōo jit-
thâu thiann.

* キス，源自日語中的英語外來語（kiss），指親吻。

197

By touching you may kill,

by keeping away you may possess.

若準磕，可能成做往過。

莫相倚，凡勢顛倒久陪。

Nā-tsún khap, khó-lîng tsiânn-tsuè íng-kuè.

Mài sio-uá, huān-sè tian-tò kú-puê.

198

The cricket's chirp and the patter of rain come to me
through the dark, like the rustle of dreams from
my past youth.

杜猴＊窸窣叫，雨水劈啪落，個的聲音透過烏暗
來到阮遮，若像阮舊時青春夢咧嗤嗤喳喳。

Tōo-kâu sih-sut kiò, hōo-tsuí phì-phè loh, in ê siann-
im thàu-kuè oo-àm lâi-kàu gún tsia, ná-tshiūnn gún
kū-sî tshing-tshun-bāng teh tshi-tshi-tshā-tshā.

＊杜猴（tōo-kâu），蟋蟀。

199

"I have lost my dewdrop," cries the flower to the
morning sky that has lost all its stars.

「我失去我的露水矣。」花蕊對透早的天哭呻*。
天今才失去伊所有的星。

"Guá sit-khì guá ê lōo-tsuí--ah." Hue-luí tuì thàu-tsá
ê thinn khàu-tshan.
Thinn tann tsiah sit-khì i sóo-ū ê tshinn.

* 哭呻（khàu-tshan），指訴苦、發牢騷。

200

The burning log bursts in flame and cries,

"This is my flower, my death."

燒柴焗做大火，來吼啼：

「這就是我的花，我的死。」

Sio-tshâ piak tsuè tuā-hué, lâi háu-thî:

"Tse tō-sī guá ê hue, guá ê sí."

201

The wasp thinks that the honey-hive of the

neighbouring bees is too small.

His neighbours ask him to build one still smaller.

黃蜂認為個厝邊蜜蜂起的岫實在傷細。

個厝邊煞愛伊起一个閣較細的。

 N̂g-phang jīn-uî in tshù-pinn bit-phang khí ê siū sit-

tsāi siunn sè.

In tshù-pinn suah ài i khí tsit ê koh-khah sè--ê.

202

"I cannot keep your waves," says the bank to the
river.

"Let me keep your footprints in my heart."

「我無法度共你的湧留落來，」駁岸* 共溪水
講。

「予我共你的跤跡留咧心內。」

"Guá bô-huat-tōo kā lí ê íng lâu--lȯh-lâi," poh-
huānn kā khue-tsuí kóng.

"Hōo guá kā lí ê kha-jiah lâu teh sim-lāi."

* 駁岸（poh-huānn），提防、河堤。

203

The day, with the noise of this little earth, drowns
the silence of all worlds.

「日時」怙這个小小地球的吵鬧，共所有世界的
恬靜攏駐* 落去。

"Jit--sî" kōo tsit ê sió-sió tē-kiû ê tshá-nāu, kā sóo-ū
sè-kài ê tiām-tsīng lóng tū--lóh-khì.

* 駐（tū），指淹沒，此字亦有卡住的意思。

204

The song feels the infinite in the air, the picture in
the earth, the poem in the air and the earth;
For its words have meaning that walks and music
that soars.

歌佇空中感受著無限，圖是佇地，詩踮空中也踮
地；
因為伊逐字逐句攏有意義咧行踏、攏有樂音咧高
飛。

Kua tī khong-tiong kám-siū-tiȯh bû-hān, tôo sī tī tē,
si tiàm khong-tiong iā tiàm tē;
in-uī i tȧk jī tȧk kù lóng ū ì-gī teh kiânn-tȧh, lóng ū
gȧk-im teh ko-pue.

When the sun goes down to the West,

the East of his morning stands before him in silence.

日頭漸漸斜落西，

東爿（伊的畫）恬恬徛對伊頭前來。

Jit-thâu tsiām-tsiām tshiâ lòh sai,

tang-pîng (i ê tàu) tiām-tiām khiā uì i thâu-tsîng lâi.

206

Let me not put myself wrongly to my world and set it against me.

莫予我共家己园毋著所在，
來使我的世界佮我行倒反。

Mài hōo guá kā ka-kī khǹg m̄-tiȯh sóo-tsāi,
lâi sú guá ê sè-kài kah guá kiânn tò-páinn.

207

Praise shames me, for I secretly beg for it.

「呵咾」來落我的氣，因為我偷偷仔討欲挃伊。

"O-ló" lâi làu guá ê khuì, in-uī guá thau-thau-á thó
beh tih i.

208

Let my doing nothing when I have nothing to do

　　become untroubled in its depth of peace

like the evening in the seashore when the water is

　　silent.

無代誌做的時陣，予我的閒身* 無煩無惱就按呢

　　定定深深，

親像海水恬無聲彼時，暗暝就踮佇咧岸邊。

Bô tāi-tsì tsò ê sî-tsūn, hōo guá ê îng-sin bô-huân-

　　bô-ló tiō án-ne tiānn-tiānn tshim-tshim,

tshin-tshiūnn hái-tsuí tiām-bô-siann hit-sî, àm-mê tō

　　tiàm tī-leh huānn-pinn.

* 閒身（îng-sin），指清閒、沒有任務在身的狀態。

Maiden, your simplicity, like the blueness of the
lake, reveals your depth of truth.

姑娘啊，你的簡素，可比是湖水遐爾仔藍，顯現
你的真實有偌爾仔深。

Koo-niû--ah, lí ê kán-sòo, khó-pí sī ôo-tsuí hiah-nī-á
nâ, hián-hiān lí ê tsin-sit ū guā-nī-á tshim.

210

The best does not come alone.

It comes with the company of the all.

上好空的袂家己到。

伊會伴一切做陣來。

Siōng hó-khang--ê bē ka-kī kàu.

I ē phuānn it-tshè tsuè-tīn lâi.

211

God's right hand is gentle,

but terrible is his left hand.

天公伯仔的正手是蓋溫柔，

真正害的是伊的倒手。

Thinn-kong-peh--á ê tsiànn-tshiú sī kài un-jiû,

tsin-tsiànn hāi--ê sī i ê tò-tshiú.

212

My evening came among the alien trees and spoke
in a language which my morning stars did not
know.

我的暝參佇生份樹林中到地，伊講著阮的啟明星*
毋捌的話。

Guá ê mê tsham tī tshinn-hūn tshiū-nâ tiong kàu-tè,
i kóng-tiòh gún ê khé-bîng-tshinn m̄ bat ê uē.

* 啟明星（khé-bîng-tshinn），此處指早晨的星星，本詞亦可指
金星。

213

Night's darkness is a bag that bursts with the gold of
the dawn.

暗暝的烏是一跤橐仔，綴透早的金來煏破。

Àm-mî ê oo sī tsit kha lok-á, tuè thàu-tsá ê kim lâi
piak phuà.

214

Our desire lends the colours of the rainbow to the
mere mists and vapours of life.

咱的欲求共虹的色緻提來出借，予生活中無兩想*
的雺霧佮水氣染著彩光。

Lán ê io̍k-kiû kā khīng ê sik-tī thê lâi tshut-tsioh,
hōo sing-ua̍h tiong bô-niú-siúnn ê bông-bū kah
tsuí-khì ní-tio̍h tshái-kong.

* 無兩想（bô-niú-siúnn），指微不足道、無足輕重的；兩想
（niú-siúnn）為價值、分量之意。

215

God waits to win back his own flowers as gifts from
man's hands.

天公伯仔咧等待人送伊花蕊做禮物，伊欲對人的
手頭共家己的花欉贏倒轉來。

Thinn-kong-peh--á teh tán-thāi lâng sàng i hue-luí
tsò lé-bu̍t, i beh uì lâng ê tshiú-thâu kā ka-kī ê
hue-tsâng iânn tò-tńg--lâi.

216

My sad thoughts tease me asking me their own
names.

我傷心的意念咧共我創治，
問我個號做啥物名字。

Guá siong-sim ê ì-liām teh kā guá tshòng-tī,
mn̄g guá in hō-tsuè siánn-mih miâ-jī.

217

The service of the fruit is precious, the service of the
flower is sweet, but let my service be the service
of the leaves in its shade of humble devotion.

果子的奉獻珍貴，花蕊的奉獻甘甜，但願我的奉
獻是全葉仔蔭蔭* 彼款謙虛。

Kué-tsí ê hōng-hiàn tin-kuì, hue-luí ê hōng-hiàn
kam-tinn, tān-guān guá ê hōng-hiàn sī kâng
hio̍h-á ìm-ńg hit khuán khiam-hi.

* 蔭蔭（ìm-ńg），指樹木遮蔽處；「蔭」讀作ìm時指遮蔽的動
  作，讀作ńg時為名詞，指陰影。

218

My heart has spread its sails to the idle winds for the shadowy island of Anywhere.

我的心已經展帆迎向清閒的陣風，想欲漂浪去清彩一个殕暗*的小島。

Guá ê sim í-king thián-phâng ngiâ-hiòng tshing-îng ê tsūn-hong, siūnn-beh phiau-lōng khì tshìn-tshái tsit ê phú-àm ê sió-tó.

* 殕暗（phú-àm），昏暗不清的樣子。

219

Men are cruel, but Man is kind.

眾人殘酷，各人善良。

Tsìng-lâng tsân-khok, kok-lâng siān-liông.

220

Make me thy cup and let my fulness be for thee and
for thine.

使我做你的杯，共我的滿獻予你佮你的一切。

Sú guá tsò lí ê pue, kā guá ê muá hiàn hōo lí kah lí ê
it-tshè.

221

The storm is like the cry of some god in pain whose
love the earth refuses.

風颱就親像是某乜神明痛苦的吼哼，怨嘆講伊的
愛去予塵世間拒絕。

Hong-thai tiō tshin-tshiūnn sī bóo-mí sîn-bîng
thòng-khóo ê háu-hainn, uàn-thàn kóng i ê ài khì
hōo tîn-sè-kan kī-tsuat.

222

The world does not leak because death is not a crack.

世界袂走闖*，因為死毋是破空。

Sè-kài bē tsáu-làng, in-uī sí m̄-sī phuà-khang.

---

* 走閬（tsáu-làng），指走漏、出現縫隙。

223

Life has become richer by the love that has been lost.

性命傍失去的愛變甲豐沛。

Sìnn-miā pn̄g sit-khì ê ài piàn kah phong-phài.

224

My friend, your great heart shone with the sunrise of
the East like the snowy summit of a lonely hill in
the dawn.

朋友啊，你偉大的心綴東爿的日出閃爍，袂輸雪
白的山嶺孤身在黎明。

Pîng-iú--ah, lí uí-tāi ê sim tuè tang-pîng ê jit-tshut
siám-sih, bē-su suat-pėh ê suann-niá koo-sin tsāi
lê-bîng.

225

The fountain of death makes the still water of life play.

死亡的泉予性命這堀止水活潑起來。

Sí-bông ê tsuânn hōo sìnn-miā tsit khut tsí-tsuí uat-
phuat--khí-lâi.

226

Those who have everything but thee, my God, laugh
at those who have nothing but thyself.

上帝啊，彼寡啥物攏有獨欠祢的人，咧共除了祢
啥物攏無的人恥笑。

Siōng-tè--ah, hit kuá siánn-mih lóng ū to̍k khiàm lí
ê lâng, teh kā tû-liáu lí siánn-mih lóng bô ê lâng
thí-tshiò.

227

The movement of life has its rest in its own music.

性命振動，嘛佇伊家己的音樂內底歇跤*。

Sìnn-miā tín-tāng, mā tī i ka-kī ê im-ga̍k lāi-té hioh-kha.

* 歇跤（hioh-kha），駐足、停歇。

228

Kicks only raise dust and not crops from the earth.

踢土地干焦會共块埃搤* 起來，
無法度共稻仔晟* 出來。

That thóo-tē kan-na ē kā ing-ia iah--khiaih,

bô-huat-tōo kā tiū-á tshiânn--tshuaih.

* 搤（iah），挖掘。
* 晟（tshiânn），養育。

229

Our names are the light that glows on the sea
waves at night and then dies without leaving its
signature.

咱的名，是佇暗暝海波浪頂閃爍的光線。
光退就離世，連字嘛無簽。

Lán ê miâ, sī tī àm-mî hái-pho-lōng tíng siám-sih ê
kng-suànn.
Kng thè tiō lī sè, liâm jī mā bô tshiam.

230

Let him only see the thorns who has eyes to see the
rose.

予有目睭欣賞玫瑰的人干焦看著伊的刺。

Hōo ū ba̍k-tsiu him-sióng muî-kuì ê lâng kan-na
khuànn-tio̍h i ê tshì.

231

Set the bird's wings with gold and it will never again
soar in the sky.

予鳥仔生黃金的翼，伊就永遠飛袂懸矣。

Hōo tsiáu-á senn n̂g-kim ê sit, i tiō íng-uán pue bē
kuân--ah.

232

The same lotus of our clime blooms here in the alien

water with the same sweetness, under another

name.

全咱彼搭的蓮花開佇這片異鄉的水，發全款的芳
甜，徛別位的名字。

Kâng lán hit-tah ê liân-hue khui tī tsit phiàn ī-hiong
ê tsuí, puh kâng-khuán ê phang-tinn, khiā pàt-uī ê
miâ-jī.

233

In heart's perspective the distance looms large.

心愈看愈透，距離就那來那大。

Sim lú khuànn lú thàu, kū-lî tiō ná lâi ná tuā.

234

The moon has her light all over the sky,

her dark spots to herself.

月娘共伊的光分予規片天，

伊的烏暗面煞留予家己。

Guėh-niû kā i ê kng pun hōo kui phìnn thinn,

i ê oo-àm-bīn suah lâu hōo ka-kī.

235

Do not say, "It is morning," and dismiss it with a
name of yesterday.

See it for the first time as a new-born child that has
no name.

莫講「天光矣呢！」就用「昨昏」的名義共伊辭
退。

當做伊是今才出世猶無名的囡仔，看伊頭一回。

Mài kóng "Thinn kng--ah--neh!" tiō iōng "tsa-hng"
ê bîng-gī kā i sî-thè.

Tòng-tsuè i sī tann-tsiah tshut-sì iah-bô miâ ê gín-á,
khuànn i thâu tsit huê.

236

Smoke boasts to the sky, and Ashes to the earth,
that they are brothers to the fire.

「薰」向天頂，「烌」向地面，
展講個佮「火」是兄弟。

"Hun" hiòng thinn-tíng, "hu" hiòng tē-bīn,
tián kóng in kah "hué" sī hiann-tī.

237

The raindrop whispered to the jasmine, "Keep me in your heart for ever."

The jasmine sighed, "Alas," and dropped to the ground.

雨滴輕輕向茉莉講：「共我永遠留佇你的心肝。」

茉莉慨慨仔唉一聲，就落落去塗跤。

Hōo-tih khin-khin hiòng bak-nī kóng: "Kā guá íng-uán lâu tī lí ê sim-kuann."

Bak-nī khài-khài-á haih--tsit-siann, tiō lak-lueh thôo-kha.

238

Timid thoughts, do not be afraid of me.

I am a poet.

怯膽的想法啊，恁毋通驚我。

阮是作詩的人。

Khiap-tánn ê siūnn-huat--ah, lín m̄-thang kiann guá.

Gún sī tsok-si ê lâng.

239

The dim silence of my mind seems filled with

　　crickets' chirp–the grey twilight of sound.

我心頭幽暗的恬靜，敢若滿是杜猴窸窣的聲音

　　——彼个聲音灰無色，干焦透著光微微。

Guá sim-thâu iu-àm ê tiām-tsīng, kánn-ná muá-sī

　　tōo-kâu si-sut ê siann-im

— hit-ê siann-im hue bô sik, kan-na thàu-tio̍h kng

　　bî-bî.

240

Rockets, your insult to the stars follows yourself

    back to the earth.

火箭啊，你對天星的侮慢*，會綴你家己轉來到

    塵間。

Hué-tsìnn--ah, lí tuì thinn-tshinn ê bú-bān, ē tuè lí

    ka-kī tuaih-kàu tîn-kan.

* 侮慢（bú-bān），侮辱、輕蔑與傲慢。

241

Thou hast led me through my crowded travels of the

　　day to my evening's loneliness.

I wait for its meaning through the stillness of the night.

你㧎我行過日時狹䆝* 的旅途，一路來到暗時的

　　孤獨。

我等待伊的意義，佇暝時的止靜之中。

Lí tshuā guá kiânn kuè jit--sî ueh-khueh ê lú-tôo,

　　tsit-lōo lâi-kàu àm-sî ê koo-tok.

Guá tán-thāi i ê ì-gī, tī mê--sî ê tsí-tsīng tsi-tiong.

* 狹䆝（ueh-khueh），狹窄而擁擠。

242

This life is the crossing of a sea, where we meet in
the same narrow ship.
In death we reach the shore and go to our different
worlds.

人生就親像咧過海，咱佇全一隻小船相拄熟似。
過身的時陣是靠岸，了後咱就行對無全的世界。

Jîn-sing tō tshin-tshiūnn teh kuè-hái, lán tī kāng tsit
tsiah sió-tsûn sio-tú sik-sāi.
Kuè-sin ê sî-tsūn sī khò-huānn, liáu-āu lán tiō kiânn
uì bô kâng ê sè-kài.

243

The stream of truth flows through its channels of

mistakes.

真理的溪水是順伊家己錯誤的港路* 流過來的。

Tsin-lí ê khue-tsuí sī sūn i ka-kī tshò-ngōo ê káng-

lōo lâu--kuè-lâi--ê.

* 港路（káng-lōo），指航道、水路。

244

My heart is homesick today

for the one sweet hour across the sea of time.

我今仔日想厝的心，

盤過時間的海，懷念彼時的甘。

Guá kin-á-jit siūnn-tshù ê sim,

puânn kuè sî-kan ê hái, huâi-liām hit-sî ê kam.

245

The bird-song is the echo of the morning light back
   from the earth.

鳥仔的歌聲是地球共貓霧光* 相睨* 的回音。

Tsiáu-á ê kua-siann sī tē-kiû kā bâ-bū-kng sann-hīng
   ê huê-im.

* 貓霧光（bâ-bū-kng），指晨曦、黎明時的微光。
* 相睨（sann-hīng），相互餽贈；睨（hīng）原指逢喜事時贈禮
   以宣告喜訊，此處取其贈禮之意。

246

"Are you too proud to kiss me?" the morning light

　　asks the buttercup.

殕光* 共金鳳花相借問，講：「你敢是驕傲甲連

　　共阮唚一下嘛毋？」

Phú-kng kā kim-hōng-hue sann-tsioh-mñg, kóng: "Lí

　　kám-sī kiau-ngōo kah liân kā gún tsim--tsit-ē mā

　　m̄?"

---

* 殕光（phú-kng），晨光；殕（phú）有灰暗不明之意，此處形
　容天空剛亮的樣子。

247

"How may I sing to thee and worship, O Sun?"

asked the little flower.

"By the simple silence of thy purity," answered the

sun.

「日啊，我欲按怎為你獻唱、按怎共你敬拜才好

咧？」花共伊問。

「就怙你的純真之中彼款樸實的恬靜。」日共伊

應。

"Jit--ah, guá beh án-tsuánn uī lí hiàn-tshiùnn, án-

tsuánn kā lí kìng-pài tsiah hó--leh?" Hue kā i mn̄g.

"Tiō kōo lí ê sûn-tsin tsi-tiong hit khuán phoh-si̍t ê

tiām-tsīng." Jit kā i ìn.

248

Man is worse than an animal when he is an animal.

人若變精牲，就較輸精牲。

Lâng nā piàn tsing-senn, tō khah-su tsing-senn.

249

Dark clouds become heaven's flowers when kissed
by light.

烏雲若得到日光的唚就變做天邊的花蕊。

Oo-hûn nā tit-tio̍h jit-kng ê tsim tō piàn-tsò thinn-
pinn ê hue-luí.

Let not the sword-blade mock its handle for being
blunt.

莫予刀肉*恥笑伊的柄無鎈無角。

Mài hōo to-bah thí-tshiò i ê pènn bô-mê-bô-kak.

* 刀肉（to-bah），指刀子的主體，即刀片。

251

The night's silence, like a deep lamp, is burning
with the light of its milky way.

暗暝恬無話，像一葩深深的燈火，燒著佇伊星光
閃爍的河溪*。

Àm-mî tiām bô-uē, tshiūnn tsit pha tshim-tshim ê
ting-hué, sio tóh tī i tshinn-kng siám-sih ê hô-
khue.

* 河溪（hô-khue），指銀河。

252

Around the sunny island of Life swells day and
night death's limitless song of the sea.

環佇「性命」這个好天的島的四片，有「死亡」
這塊無尾的大海之歌，日日夜夜來來去去。

Khuân tī "sìnn-miā" tsit ê hó-thinn ê tó ê sì-pîng, ū
"sí-bông" tsit tè bô-bué ê tuā-hái tsi kua, jit-jit-iā-
iā lâi-lâi-khì-khì.

253

Is not this mountain like a flower, with its petals of
hills, drinking the sunlight?

我看這山就親像一蕊花，伊用一崙一嶺做瓣、共
日頭的光啉落去，你講咧？

Guá khuànn tse suann tiō tshin-tshiūnn tsit luí hue, i
iōng tsit lūn tsit niá tsò bān, kā jit-thâu ê kng lim--
lueh, lí kóng--leh?

254

The real with its meaning read wrong and emphasis misplaced is the unreal.

「真實」的意義佮重點若予人舞毋著去，伊就變做「虛假」矣。

"Tsin-sit" ê ì-gī kah tiōng-tiám nā hōo lâng bú m̄-tio̍h--khì, i tō piàn-tsuè "hi-ké"--ah.

Find your beauty, my heart, from the world's
movement, like the boat that has the grace of the
wind and the water.

我的心，你愛佇世界的振動之中揣著家己的媠，
就親像小船仔領受著風佮水的優雅佮恩惠。

Guá ê sim, lí ài tī sè-kài ê tín-tāng tsi-tiong tshuē-
tióh ka-kī ê suí, tiō tshin-tshiūnn sió-tsûn-á niá-
siū-tióh hong kah tsuí ê iu-ngá kah un-huī.

256

The eyes are not proud of their sight but of their
eyeglasses.

目睭無為家己的視力來驕傲，顛倒感覺個的目鏡
真威風。

Ba̍k-tsiu bô uī ka-kī ê sī-li̍k lâi kiau-ngōo, tian-tò
kám-kak in ê ba̍k-kiànn tsin ui-hong.

257

I live in this little world of mine and am afraid to
make it the least less.

Lift me into thy world and let me have the freedom
gladly to lose my all.

我踮佇家己的這个小世界，一厘絲嘛驚伊勼*起
來。

炁我起去你的世界，予我有甘願失去一切的自由
自在。

Guá tuà tī ka-kī ê tsit ê sió sè-kài, tsit-lî-si mā kiann
i kiu--khí-lâi.

Tshuā guá khí-khì lí ê sè-kài, hōo guá ū kam-guān
sit-khì it-tshè ê tsū-iû-tsū-tsāi.

* 勼（kiu），指物體收縮，或形容人畏縮不前的樣子。

258

The false can never grow into truth by growing in power.

錯誤去結著閣較濟權力嘛無可能結成真理。

Tshò-ngōo khì kiat-tio̍h koh-khah tsē khuân-lik mā bô-khó-lîng kiat sîng tsin-lí.

My heart, with its lapping waves of song, longs to
caress this green world of the sunny day.

我的心總是向望欲用伊拍波浪的歌聲，輕輕共這
个好天時的青翠世界挲挼。

Guá ê sim tsóng--sī ǹg-bāng beh iōng i phah pho-
lōng ê kua-siann, khin-khin kā tsit ê hó-thinn-sî ê
tshenn-tshuì sè-kài so-luà̍h.

Wayside grass, love the star, then your dreams will
come out in flowers.

路邊的草仔，你著愛共天星疼痛*，按呢你的夢
就會現身佇花欉。

Lōo-pinn ê tsháu-á, lí tioh-ài kā thinn-tshinn thiànn-
thàng, án-ne lí ê bāng tiō ē hiàn-sin tī hue-tsâng.

---

* 疼痛（thiànn-thàng），指疼愛、憐惜；痛疼（thàng-thiànn）
則是指因傷病而痛苦的感受。

261

Let your music, like a sword, pierce the noise of the market to its heart.

予你的音樂像劍，貫過市場的嘻嘻嘩嘩，迵* 對伊的心肝。

Hōo lí ê im-ga̍k tshiūnn kiàm, kǹg kuè tshī-tiûnn ê hi-hi-huā-huā, thàng uì i ê sim-kuann.

* 迵（thàng），通達、穿透，同第271首。

262

The trembling leaves of this tree touch my heart like
the fingers of an infant child.

這欉樹仔顫動的葉，袂輸是紅嬰的指頭仔，咧共
阮的心挲捋。

Tsit tsâng tshiū-á tsùn-tāng ê hiòh, bē-su sī âng-inn
ê tsíng-thâu-á, teh kā gún ê sim so-luàh.

263

This sadness of my soul is her bride's veil.

It waits to be lifted in the night.

我靈魂的悲傷是伊的新娘紗，

等暝時若到，會有人共伊掀。

Guá lîng-hûn ê pi-siong sī i ê sin-niû-se,

Tán mê--sî nā kàu, ē ū-lâng kā i hian.

264

The little flower lies in the dust.

It sought the path of the butterfly.

小花蕊䠡*佇塗，揣蝴蝶飛的路。

Sió hue-luí the tī thôo, tshuē ôo-tia̍p pue ê lōo.

* 䠡（the），躺臥。

265

I am in the world of the roads. The night comes.

Open thy gate, thou world of the home.

我踮路的世界。暗暝來。

請拍開汝門，厝的世界。

Guá tiàm lōo ê sè-kài. Àm-mî lâi.

Tshiánn phah khui lú mn̂g, tshù ê sè-kài.

266

I have sung the songs of thy day.

In the evening let me carry thy lamp through the
stormy path.

我已經為你的日時唱歌。

暝時請予我揀你的燈行過風雪的逝*。

Guá í-king uī lí ê jit--sî tshiùnn-kua.

Mî--sî tshiánn hōo guá kuānn lí ê ting kiânn kuè
hong-seh ê tsuā.

* 逝（tsuā），指路途，或計算旅程的單位。

267

I do not ask thee into the house.

Come into my infinite loneliness, my Lover.

我並無愛你入我的房。

愛人啊，請入來我無限的孤單。

Guá pīng-bô ài lí jip guá ê pâng.

Ài-jîn--ah, tshiánn jip-lâi guá bô-hān ê koo-tuann.

268

Death belongs to life as birth does.

The walk is in the raising of the foot as in the laying
of it down.

死佮生全款攏是屬於性命的。

行路愛共跤攑懸，嘛著共伊放低。

Sí kah senn kāng-khuán lóng sī siok-î sìnn-miā--ê.

Kiânn-lōo ài kā kha giah kuân, mā tioh kā i pàng kē.

269

I have learnt the simple meaning of thy whispers in
flowers and sunshine

– teach me to know thy words in pain and death.

我已經掠著佇「花」佮「日」內底你的嘴呲個簡
單的意義

——來共我教，予我聽有佇「疼」佮「死」內底
你的話是啥物。

Guá í-king liáh-tióh tī "hue" kah "jit" lāi-té lí ê tshi-
tshū in kán-tan ê ì-gī

— lâi kā guá kà, hōo guá thiann-ū tī "thiànn" kah "sí"
lāi-té lí ê uē sī siánn-mih.

270

The night's flower was late when the morning kissed
   her, she shivered and sighed and dropped to the
   ground.

夜花晏發*，等透早來共伊唚，
只有起顫、怨嘆、就來墜落地。

Iā-hue uànn puh, tán thàu-tsá lâi kā i tsim,
tsí-ū khí-tsùn, uàn-thàn, tiō lâi tuī-lòh-tē.

* 晏發（uànn puh），遲發、較晚綻放。

271

Through the sadness of all things I hear the crooning
of the Eternal Mother.

迵過萬物的傷心，我聽著永生娘嬭*輕聲咧歌
吟。

Thàng-kuè bān-bu̍t ê siong-sim, guá thiann-tio̍h íng-
sing niû-lé khin-siann teh kua-gîm.

* 娘嬭（niû-lé），母親之意。

272

I came to your shore as a stranger, I lived in your house as a guest, I leave your door as a friend, my earth.

我用生份人的身分來到你的岸，自人客的身分蹛佇你的房，閣以朋友的身分離開你的門埕，我的土地啊。

Guá iōng tshinn-hūn-lâng ê sin-hūn lâi-kàu lí ê huānn, tsū lâng-kheh ê sin-hūn tuà tī lí ê pâng, koh í pîng-iú ê sin-hūn lī-khui lí ê mn̂g-tiânn, guá ê thóo-tē--ah.

273

Let my thoughts come to you, when I am gone,

like the afterglow of sunset at the margin of starry

silence.

我離開了後，予我的思想來到你身邊，

親像佇星光閃閃的恬靜邊角，有黃昏的殘光咧

爍。

Guá lī-khui liáu-āu, hōo guá ê su-sióng lâi-kàu lí

sin-pinn,

tshin-tshiūnn tī tshinn-kng siám-siám ê tiām-tsīng

pinn-kak, ū hông-hun ê tsân-kng teh sih.

274

Light in my heart the evening star of rest

and then let the night whisper to me of love.

予暗頭仔安眠的星著佇阮心內，

紲落來才予暗暝輕聲對阮說愛。

Hōo àm-thâu-á an-bîn ê tshinn tóh tī gún sim-lāi,

Suà--luaih tsiah hōo àm-mî khin-siann tuì gún sueh

ài.

275

I am a child in the dark.

I stretch my hands through the coverlet of night for
thee, Mother.

我是踮佇烏殕內的囡仔。

母仔，我的雙手為你穿過暗暝的被單。

Guá sī tiàm tī oo-phú lāi ê gín-á.

Bú--á, guá ê siang-tshiú uī lí tshng kuè àm-mî ê
phuē-tuann.

276

The day of work is done. Hide my face in your arms,
Mother. Let me dream.

做工的一日拄來煞。母仔，共我的面掩佇你的手
曲*。予我眠夢。

Tsò-kang ê tsit-jit tú lâi suah. Bú--á, kā guá ê bīn am
tī lí ê tshiú-khiau. Hōo guá bîn-bāng.

* 手曲（tshiú-khiau），胳臂、手臂彎曲形成的部分。

277

The lamp of meeting burns long;

it goes out in a moment at the parting.

相見的火燒久久長長；

離別的時隨化去無光。

Sann-kìnn ê hué sio kú-kú-tîg-tîg;

lī-piat ê sî suî hua--khì bô kng.

One word keep for me in thy silence, O World, when
I am dead, "I have loved."

天地啊，等甲我棄世，請替我佇你的恬靜內底留
一句話：「我捌愛過。」

Thinn-tē--ah, tán kah guá khì-sè, tshiánn thè guá tī
lí ê tiām-tsīng lāi-té lâu tsit kù uē, "Guá pat ài--
kuè."

279

We live in this world when we love it.

咱若有愛這个世界，咱就活佇這个世間。

Lán nā ū ài tsit ê sè-kài, lán tiō uah tī tsit ê sè-kan.

280

Let the dead have the immortality of fame,

but the living the immortality of love.

予死去的有袂蔫去的名聲，

予活咧的有袂蔫去的愛。

Hōo sí--khì--ê ū bē lian--khì ê miâ-siann,

hōo uah--leh--ê ū bē lian--khì ê ài.

281

I have seen thee as the half-awakened child sees his
mother in the dusk of the dawn and then smiles
and sleeps again.

我捌看過你，親像半精神的囝仔看著伊佇拍殕*
暗光內的母親，就按呢笑笑閣睏去。

Guá bat khuànn kuè lí, tshin-tshiūnn puànn tsing-
sîn ê gín-á khuànn-tiȯh i tī phah-phú àm-kng lāi ê
bóo-tshin, tiō án-ne tshiò tshiò koh khùn--khì.

* 拍殕（phah-phú），天微亮之時。

282

I shall die again and again

to know that life is inexhaustible.

我欲來死一回閣一回，

才會知影性命無盡尾。

Guá beh lâi sí tsit huê koh tsit huê,

tsiah ē tsai-iánn sìnn-miā bô tsīn-bué.

While I was passing with the crowd in the road I
saw thy smile from the balcony and I sang and
forgot all noise.

我參大陣人做伙行過街仔路的時，我看著汝自陽
台傳來的笑面，我就唱歌、共所有的雜聲攏放
袂記。

Guá tsham tuā tīn lâng tsò-hué kiânn kuè ke-á-lōo
ê sî, guá khuànn-tio̍h lú tsū iông-tâi thuân--lâi ê
tshiò-bīn, guá tiō tshiùnn-kua, kā só-ū ê tsa̍p-
siann lóng pàng buē kì.

284

Love is life in its fulness like the cup with its wine.

愛是性命伊圓滿的形，
親像杯仔有酒貯滇滇。

Ài sī sìnn-miā i uân-buán ê hîng,
tshin-tshiūnn pue-á ū tsiú tué tīnn-tīnn.

285

They light their own lamps and sing their own words
in their temples.
But the birds sing thy name in thine own morning
light, – for thy name is joy.

個佇個的廟內底點家己的火、唸家己的歌。
毋過鳥仔是佇你早起時仔的光內底唱你的名——
號做快樂的你啊。

In tī in ê biō lāi-té tiám ka-kī ê hué, liām ka-kī ê kua.
M̄-koh tsiáu-á sī tī lí tsái-sî-á ê kng lāi-té tshiùnn lí ê
miâ – hō-tsò khuài-lȯk ê lí--ah.

Lead me in the centre of thy silence
to fill my heart with songs.

佇你彼片恬靜的中心，

請毛我用歌共我的心貯予滇。

Tī lí hit phiàn tiām-tsīng ê tiong-sim,

tshiánn tshuā guá iōng kua kā guá ê sim té hōo tīnn.

287

Let them live who choose in their own hissing world
of fireworks.

My heart longs for thy stars, my God.

選擇欲踮佇煙火咻咻的世界內底的人，就予個去
過個的生活。

我的心是為你滿滿的天星來思戀，神啊。

Suán-tik beh tuà tī ian-hué siuh-siuh ê sè-kài lāi-té ê
lâng, tiō hōo in khì kuè in ê sing-uåh.

Guá ê sim sī uī lí muá-muá ê thinn-tshinn lâi su-luân,
sîn--ah.

Love's pain sang round my life

like the unplumbed sea,

and love's joy sang like birds

in its flowering groves.

愛的苦疼親像毋知深的海，

環佇阮生活邊咧唸歌，

愛的甘甜煞是唱甲成鳥仔，

飛佇伊滿花欉的樹林。

Ài ê khóo-thiànn tshin-tshiūnn m̄-tsai-tshim ê hái,

khuân tī gún sing-uảh pinn teh liām-kua,

ài ê kam-tinn suah-sī tshiùnn kah sîng tsiáu-á,

pue tī i muá hue-tsâng ê tshiū-nâ.

289

Put out the lamp when thou wishest.

I shall know thy darkness and shall love it.

佇你欲愛的時，就共燈火禁熄去。

我會認得你的烏暗，我會用得愛伊。

Tī lí beh-ài ê sî, tiō kā ting-hué kìm sit--khì.

Guá ē-jīn-eh lí ê oo-àm, guá ē-īng-eh ài i.

When I stand before thee at the day's end thou shalt
see my scars and know that I had my wounds and
also my healing.

日欲盡的時，我若徛佇你面頭前，你該當會看著
我的疕*，知影我捌受傷、也捌好離*。

Jit beh tsīn ê sî, guá nā khiā tī lí bīn-thâu-tsîng, lí
kai-tong ê khuànn-tiȯh guá ê khî, tsai-iánn guá
bat siū-siong, iā bat hó-lī.

* 疕（khî），傷痕，或計算瘡疤的單位。
* 好離（hó-lī），痊癒；離（lī，或讀作lî）表示動作完成的狀
　態。

Some day I shall sing to thee in the sunrise of some
other world,

"I have seen thee before in the light of the earth, in
the love of man."

總有一工，我會踮別个世界的日光之中唱歌予你
聽：

「較早我捌看過你，佇地球的光，佇人的愛。」

Tsóng-ū-tsit-kang, guá ē tiàm pa̍t-ê sè-kài ê ji̍t-kng
tsi-tiong tshiùnn-kua hōo lí thiann:

"Khah-tsá guá bat khuànn kuè lí, tī tē-kiû ê kng, tī
lâng ê ài."

292

Clouds come floating into my life from other days
no longer to shed rain or usher storm but to give
colour to my sunset sky.

別日的雲向我的生活飄過來，已經毋是因為欲落
大雨抑是做風颱，是為著欲共我這片日欲暗的
天添彩。

Pat-jit ê hûn hiòng guá ê sing-uah phiau--kuè-lâi,
í-king m̄ sī in-uī beh loh-tuā-hōo iah-sī tsò-hong-
thai, sī uī-tiòh beh kā guá tsit phìnn jit-beh-àm ê
thinn thiam tshái.

Truth raises against itself the storm
that scatters its seeds broadcast.

真理向伊家己惹起風暴，
共伊的子* 掖* 甲四界五路。

Tsin-lí hiòng i ka-kī jiá khí hong-pō,
kā i ê tsí iā kah sì-kè ngóo-lōo.

* 子（tsí），指植物的籽。
* 掖（iā），指播撒或物體散落。

294

The storm of the last night has crowned this morning

　　with golden peace.

昨暝的風暴用一頂金色的和平共今仔早起加冕。

Tsa-mî ê hong-pō iōng tsit tíng kim-sik ê hô-pîng kā

　　kin-á-tsái-khí ka-bián.

Truth seems to come with its final word;

and the final word gives birth to its next.

真理敢若是綴伊的定論同齊來；

定論又閣催生伊的後一句主裁*。

Tsin-lí kán-ná sī tuè i ê tīng-lūn tâng-tsê lâi;

tīng-lūn iū-koh tshui-sing i ê āu tsit kù tsú-tshâi.

* 主裁（tsú-tshâi），主意、裁決。

Blessed is he whose fame does not outshine his truth.

名聲袂比底蒂*閣較光彩的才是得著祝福的人。

Miâ-siann bē pí té-tì koh-khah kong-tshái--ê tsiah-sī tit-tio̍h tsiok-hok ê lâng.

* 底蒂（té-tì），根本、基底、根蒂。

Sweetness of thy name fills my heart when I forget mine — like thy morning sun when the mist is melted.

佇我袂記得家己號做啥名的時，汝的名字甘甜就來共我的心貯滇* —— 親像汝的早起日頭照入霧霧溶渶*的時。

Tī guá bē-kì-eh ka-kī hō-tsò siánn miâ ê sî, lú ê miâ-jī kam-tinn tiō lâi kā guá ê sim tué tīnn – tshin-tshiūnn lú ê tsái-khí jit-thâu tsiò jip bông-bū iûnn-thuànn ê sî.

* 貯滇（tué tīnn），裝滿、填滿。
* 溶渶（iûnn-thuànn），溶解並擴散開來。

298

The silent night has the beauty of the mother
and the clamorous day of the child.

恬靜的暝時有阿母的美麗，
吵鬧的日時有囡仔人的媠。

Tiām-tsīng ê mî--sî ū a-bú ê bí-lē,
tshá-nāu ê jit--sî ū gín-á-lâng ê suí.

299

The world loved man when he smiled.

The world became afraid of him when he laughed.

人若文文仔笑，世界就共伊惜。

人若謔謔仔笑，世界就驚一趒。

Lâng nā bûn-bûn-á-tshiò, sè-kài tiō kā i sioh.

Lâng nā gioh-gioh-á-tshiò, sè-kài tiō kiann tsit tiô.

300

God waits for man to regain his childhood in
wisdom.

神明等待人用智慧來共伊的囡仔時代收轉來。

Sîn-bîng tán-thāi lâng iōng tì-huī lâi kā i ê gín-á-sî-
tāi siu--tuaih.

301

Let me feel this world as thy love taking form, then
my love will help it.

予我綴你浮形* 的愛來去感受這个世間，按呢我
的愛就會來共伊幫贊*。

Hōo guá tuè lí phû-hîng ê ài lâi-khì kám-siū tsit ê
sè-kan, án-ne guá ê ài tiō ē lâi kā i pang-tsān.

* 浮形（phû-hîng），成形、形狀浮現出來。
* 幫贊（pang-tsān），給予物質或精神上的支援。

302

Thy sunshine smiles upon the winter days of my
heart, never doubting of its spring flowers.

你的日光佇阮心內寒冬的天頂文文仔笑咧，
從來毋捌懷疑春天若到伊敢會開花。

Lí ê jit-kng tī gún sim-lāi hân-tang ê thinn-tíng bûn-
bûn-á-tshiò--leh, tsiông-lâi m̄ bat huâi-gî tshun-
thinn nā kàu i kám ē khui-hue.

303

God kisses the finite in his love and man the infinite.

神是用愛共有限的唚，

人是怙愛去追求無盡。

Sîn sī iōng ài kā iú-hān--ê tsim,

lâng sī kōo ài khì tui-kiû bû-tsīn.

304

Thou crossest desert lands of barren years

to reach the moment of fulfilment.

你盤過彼拋荒*年月的沙地

才來到這功德圓滿的時刻。

Lí puânn kuè he pha-hng nî-guėh ê sua-tē

tsiah lâi-kàu tse kong-tik-uân-buán ê sî-khik.

* 拋荒（pha-hng），原指田地棄耕荒廢，此處為貧瘠、荒蕪之
意。

305

God's silence ripens man's thoughts into speech.

天公的恬靜予人的想法飽熟* 變做話語。

Thinn-kong ê tiām-tsīng hōo lâng ê siūnn-huat
　　pá-sik piàn-tsò uē-gí.

* 飽熟（pá-sik），飽滿成熟的狀態。

306

Thou wilt find, Eternal Traveller, marks of thy
footsteps across my songs.

永世的旅人啊，你會佇我的歌內底揣著你跤步的
痕跡。

Íng-sè ê lú-jîn--ah, lí ē tī guá ê kua lāi-té tshuē-tiȯh
lí kha-pōo ê hûn-jiah.

307

Let me not shame thee, Father, who displayest thy
glory in thy children.

天爸啊，你共榮光攏寄予你的囝兒來表現，請你
毋通予我卸你的面皮。

Thinn-pē--ah, lí kā îng-kng lóng kià hōo lí ê kiánn-
jî lâi piáu-hiān, tshiánn lí m̄-thang hōo guá sià lí ê
bīn-phuê.

308

Cheerless is the day, the light under frowning clouds
is like a punished child with traces of tears on its
pale cheeks, and the cry of the wind is like the cry
of a wounded world. But I know I am travelling
to meet my Friend.

這工是無攬無拈,光閃爍佇面憂面結的雲下底,
若像予人罰的囡仔猶有目屎痕牽佇伊白死死的
喙䫌,風的吼哼袂輸是著傷的世界咧哭慼。但
是我知影我行遮遠是欲來和阮朋友相會。

Tsit kang sī bô-lám-bô-ne, kng siám-sih tī bīn-iu-
bīn-kat ê hûn ē-té, ná-tshiūnn hōo lâng huàt ê
gín-á iáu-ū b̍ak-sái-hûn khan tī i pȅh-sí-sí ê tshuì-
phué, hong ê háu-hinn buē-su sī tiȯh-siong ê sè-
kài teh khàu-tsheh. Tān-sī guá tsai-iánn guá kiânn
tsia hn̄g sī beh lâi hām gún pîng-iú siong-huē.

309

Tonight there is a stir among the palm leaves, a
  swell in the sea, Full Moon, like the heart throb
  of the world. From what unknown sky hast thou
  carried in thy silence the aching secret of love?

下昏暗棕葉滾滾搖搖，海水漲漲，月娘圓圓，親
  像世界的心匹匹噗噗。汝是對佗一片毋知位的
  天，無聲無說，共「愛」這个鼓*疼的祕密紮
  過來的咧？

Ing-àm tsang-hiȯh kún-kún iô-iô, hái-tsuí tiòng-
  tiòng, guȯh-niû înn-înn, tshin-tshiūnn sè-kài ê
  sim phik-phik-phȯk-phȯk. Lú sī uì tó tsit phìnn
  m̄-tsai-uī ê thinn, bô-siann-bô-sueh, kā "ài" tsit ê
  sīnn-thiànn ê pì-bit tsah--kuè-lâi--ê--leh?

*鼓（sinn），指傷口或眼睛因受到刺激而發痛。

310

I dream of a star, an island of light, where I shall be
born and in the depth of its quickening leisure my
life will ripen its works like the ricefield in the
autumn sun.

阮夢著一粒星，一个島嶼光爍爍，阮應該踮遐出
世，深佇伊活潑的歇止，阮的性命會使伊做的
工飽穗，親像稻仔田浸佇秋天的日。

Gún bāng-tio̍h tsit lia̍p tshinn, tsit ê tó-sū kng-sih-
sih, gún ing-kai tiàm hia tshut-sì, tshim tī i ua̍t-
phuat ê hioh-tsí, gún ê sìnn-miā ē sù i tsò ê kang
pá-suī, tshin-tshiūnn tiū-á-tshân tsìm tī tshiu-thinn
ê jit.

311

The smell of the wet earth in the rain rises like a
great chant of praise from the voiceless multitude
of the insignificant.

雨來澹去的土地，伊的氣味若像是一條偉大的贊
歌，自毋成物*的無聲眾生之中僥起來。

Hōo lâi tâm--khì ê thóo-tē, i ê khì-bī ná-tshiūnn sī
tsit tiâu uí-tāi ê tsàn-kua, tsū m̄-tsiânn-mih ê bô-
siann tsiòng-sing tsi-tiong hiau--khí-lâi.

* 毋成物（m̄-tsiânn-mih），指微不足道、無關緊要的事物。

That love can ever lose is a fact that we cannot
accept as truth.

「愛有可能會失敗」是一个咱永遠攏無願意共伊
當做真理的事實。

"Ài ū khó-lîng ē sit-pāi" sī tsit ê lán íng-uán lóng bô
guān-ì kā i tòng-tsò tsin-lí ê sū-sit.

313

We shall know some day that death can never rob us
of that which our soul has gained, for her gains
are one with herself.

有一日咱會了解，死是永遠無法度將咱的靈魂已
經得來的搶走去，因為靈魂得著的一切佮伊家
己是全一个物。

Ū-tsit-jit lán ē liáu-kái, sí sī íng-uán bô-huat-tōo
tsiong lán ê lîng-hûn í-king tit--lâi--ê tshiúnn-
tsáu--khì, in-uī lîng-hûn tit-tio̍h ê it-tshè kah i ka-
kī sī kāng tsit-ê mih.

314

God comes to me in the dusk of my evening
with the flowers from my past kept fresh in his
  basket.

天公伯仔佇阮暗頭仔的暮光之中行對阮遮，
伊紮來阮向時*的花欉，佇伊的籃仔內猶原清芳。

Thinn-kong-peh--á tī gún àm-thâu-á ê bōo-kng tsi-
  tiong kiânn uì gún tsia,
i tsah lâi gún hiàng-sî ê hue-tsâng, tī i ê nâ-á lāi iu-
  guân tshing-phang.

* 向時（hiàng-sî），指從前、昔日。

315

When all the strings of my life will be tuned, my
Master, then at every touch of thine will come out
the music of love.

若是阮性命中的每一條弦攏會予你調過，我的主
人，到時你的每一改撥弄攏會成做愛的音樂。

Nā-sī gún sìnn-miā tiong ê muí tsit tiâu hiân lóng ē
hōo lí tiâu--kuè, guá ê tsú-lâng, kàu-sî lí ê muí tsit
kai puah-lāng lóng ē tsiânn-tsuè ài ê im-ga̍k.

316

Let me live truly, my Lord,

so that death to me become true.

予我實實在在來活，主啊，

按呢死亡對阮就會真真正正。

Hōo guá sit-sit-tsāi-tsāi lâi uàh, tsú--ah,

án-ne sí-bông tuì gún tiō ē tsin-tsin-tsiànn-tsiànn.

317

Man's history is waiting in patience for the triumph of the insulted man.

人類的歷史當咧耐心等待，欲看彼受盡侮辱的人共成功贏倒轉來。

Jîn-luī ê lik-sú tng-leh nāi-sim tán-thāi, beh khuànn he siū-tsīn bú-jiȯk ê lâng kā sîng-kong iânn tò-tńg--lâi.

318

I feel thy gaze upon my heart this moment like the sunny silence of the morning upon the lonely field whose harvest is over.

我感受著你掠我的心金金看，這馬，若像是<u>早起</u>時日頭恬無聲，照佇今過收成的孤田野。

Guá kám-siū-tiòh lí liàh guá ê sim kim-kim-khuànn, tsit-má, ná-tshiūnn sī <u>tsái-sî</u> jit-thâu tiām-bô-siann, tsiò tī tann kuè siu-sîng ê koo tshân-iá.

319

I long for the Island of Songs across this heaving
Sea of Shouts.

我向望欲盤過這片嚷喝的浮沉大海，來去歌詩滿
滿是的島嶼。

Guá ǹg-bāng beh puânn kuè tsit phiàn jiáng-huah ê
phû-tîm tuā-hái, lâi-khì kua-si muá-muá-sī ê tó-
sū.

The prelude of the night is commenced in the music
of the sunset, in its solemn hymn to the ineffable
dark.

暝的前奏來播送，佇日斜西的音樂，佇伊唱予話
袂比止*的烏暗、彼條莊嚴的贊歌。

Mî ê tsiân-tsàu lâi pòo-sàng, tī jit tshiâ sai ê im-gȧk,
tī i tshiùnn hōo uē buē-pí-tsí ê oo-àm, hit tiâu
tsong-giâm ê tsàn-kua.

* 話袂比止（uē buē-pí-tsí），無法言喻、任何話語都比不上。

321

I have scaled the peak and found no shelter in fame's
  bleak and barren height. Lead me, my Guide,
  before the light fades, into the valley of quiet
  where life's harvest mellows into golden wisdom.

我已經距起去名聲的山頭，佇伊蕭條生荒的懸處
  煞揣無所在通好避厄。炁領我的你啊，佇光薄
  去進前，請引阮入去恬靜的山谷，坑底性命的
  收成攏會激做金黃的智識。

Guá í-king peh khí-khì miâ-siann ê suann-thâu, tī
  i siau-tiâu tshenn-hng ê kuân-tshù suah tshuē bô
  sóo-tsāi thang-hó phiah-eh. Tshuā-niá guá ê lí--ah,
  tī kng pòh--khì tsìn-tsîng, tshiánn ín gún jip-khì
  tiām-tsīng ê suann-kok, khenn-té sìnn-miā ê siu-
  sîng lóng ē kik tsuè kim-n̂g ê tì-sik.

322

Things look phantastic in this dimness of the dusk –
the spires whose bases are lost in the dark and tree
tops like blots of ink. I shall wait for the morning
and wake up to see thy city in the light.

暮色昏淡，萬物看來奇豔──尖塔底座消失佇烏
暗，樹尾欉欉像墨跡點點。我欲等待日閣東，
精神去看你光通的都城。

Bōo-sik hun-tām, bān-bu̍t khuànn--lâi kî-iām –
tsiam-thah té-tsō siau-sit tī oo-àm, tshiū-bué
tsâng-tsâng tshiūnn bi̍k-tsik tiám-tiám. Guá beh
tán-thāi jit koh tang, tsing-sîn khì khuànn lí kng-
thang ê too-siânn.

323

I have suffered and despaired and known death

and I am glad that I am in this great world.

我捌受苦、捌絕望、嘛已經知影啥物號做死亡，

我猶原是誠歡喜，通踮佇這个偉大的世界之中。

Guá bat siū-khóo, bat tsuat-bōng, mā í-king tsai-iánn

siánn-mih hō-tsò sí-bông,

guá iu-guân sī tsiânn huann-hí, thang tiàm tī tsit ê

uí-tāi ê sè-kài tsi-tiong.

There are tracts in my life that are bare and silent.
They are the open spaces where my busy days had
their light and air.

我的生活中有一片一片光遛遛閣恬卹卹的所在。
彼是我的無閒日子得著光線佮空氣的開闊空間。

Guá ê sing-uàh tiong ū tsit phiàn tsit phiàn kng-liù-
liù koh tiām-tsiuh-tsiuh ê sóo-tsāi.
He sī guá ê bô-îng jit-tsí tit-tiòh kng-suànn kah
khong-khì ê khui-khuah khong-kan.

325

Release me from my unfulfilled past
clinging to me from behind making death difficult.

請共阮敨開，擺脫阮有缺憾的過去
——佪佇身後觸纏*甲予阮死袂離。

Tshiánn kā gún tháu--khui, pái-thuat gún ū khuat-
　　hām ê kuè-khì
– in tī sin-āu tak-tînn kah hōo gún sí buē lī.

* 觸纏（tak-tînn），糾纏、造成麻煩。

326

Let this be my last word, that I trust in thy love.

予這做阮最後的話：「我相信你的愛。」

Hōo tse tsò gún tsuè-āu ê uē: "Guá siong-sìn lí ê ài."

浪鳥集：泰戈爾《漂鳥集》台文版

國家圖書館出版品預行編目 (CIP) 資料

浪鳥集：泰戈爾《漂鳥集》/ 羅賓德拉納特‧泰戈爾著；溫若喬譯. -- 初版.
-- 臺北市：九歌出版社有限公司, 2023.02
　　面；　公分. -- (九歌文庫；1398)
台文版
譯自：Stray birds.
ISBN 978-986-450-528-9（平裝）

867.51　　　111021725

作　　者 —— 羅賓德拉納特‧泰戈爾
譯　　者 —— 溫若喬
台文審定 —— 鄭順聰
英文審定 —— 莊佳穎
責任編輯 —— 鍾欣純
創 辦 人 —— 蔡文甫
發 行 人 —— 蔡澤玉
出　　版 —— 九歌出版社有限公司
　　　　　　台北市 105 八德路 3 段 12 巷 57 弄 40 號
　　　　　　電話／02-25776564‧傳真／02-25789205
　　　　　　郵政劃撥／0112295-1

九歌文學網　www.chiuko.com.tw

印　　刷 —— 晨捷印製股份有限公司
法律顧問 —— 龍躍天律師‧蕭雄淋律師‧董安丹律師
初　　版 —— 2023 年 2 月
定　　價 —— 460 元
書　　號 —— F1398
Ｉ Ｓ Ｂ Ｎ —— 978-986-450-528-9
　　　　　　9789864505333 (PDF)

（缺頁、破損或裝訂錯誤，請寄回本公司更換）
版權所有‧翻印必究　Printed in Taiwan